ein Ullstein Buch

ein Ullstein Buch
Nr. 20488
im Verlag Ullstein GmbH,
Frankfurt/M – Berlin – Wien

Ungekürzte Ausgabe

Umschlagentwurf: Beate Rebhuhn

Taschenbuchausgabe mit Genehmigung
der Universitas Verlag GmbH, München

Printed in Germany 1984
Druck und Verarbeitung:
Elsnerdruck GmbH, Berlin
ISBN 3 548 20488 0

November 1984

Vom selben Autor
in der Reihe der
Ullstein Bücher

Opas Zeiten (20319)
Duett zu dritt (20373)
Einesteils der Liebe wegen (20391)
Meine Frau ist ein Engel (20419)
Ein Haus in Italien
müßte man haben (20433)

CIP-Kurztitelaufnahme
der Deutschen Bibliothek

Nicklisch, Hans:
Familienalbum: e. heiterer Roman / Hans Nicklisch. –
Ungekürzte Ausg. – Frankfurt/M; Berlin; Wien:
Ullstein, 1984.
(Ullstein-Buch; Nr. 20488)
ISBN 3-548-20488-0

NE: GT

Hans
Nicklisch

Familienalbum

Ein heiterer Roman

ein Ullstein Buch

Erstes Kapitel

Blumen fürs Kind

»Verwandte sind auch Menschen«, pflegte Vater zu sagen, »aber man muß ja nicht unbedingt gleich mit ihnen verkehren. Je weiter weg, desto besser.«

Infolgedessen wurden auch höchst selten Onkel, Tanten oder sonstige nähere oder weitläufigere Anverwandte besuchsweise bei uns gesichtet, und wir Kinder wuchsen in der Überzeugung auf, daß wir aus irgendwelchen geheimnisvollen Gründen mit solcherlei Familienanhang, über den die meisten unserer Schulkumpane im Überfluß verfügten, nur karg, wenn überhaupt, gesegnet waren. Das hatte insofern seine angenehmen Seiten, als es uns der Mühe enthob, zu irgendwelchen Geburts- oder anderweitigen Festtagen in Schönschrift orthographisch einwandfreie Glückwunschadressen zu verfassen, andererseits — und das war die Schattenseite — dachte auch niemand daran, sich gelegentlich unserer eigenen Geburtstage durch kleine Geschenke bei uns in verwandtschaftliche Erinnerung zu bringen, eine Annehmlichkeit, die einem allerdings durch die dann wieder unumgänglichen Dankesbriefe vergällt wurde.

Alles in allem konnten wir also mit unserem verwandtenlosen, ganz auf unser eigenes, höchst turbulentes Familienleben konzentrierten Zustand zufrieden sein und waren es auch. Immerhin waren wir, Vater, Mutter, Wellensittich Sebastian, Kater Mohammed III., Meerschweinchen Adelheid und Hamstermännchen Murmel inklusive elf, genug, um Langeweile erst gar nicht aufkommen zu lassen, und mehr als genug, wie Vater sich gelegentlich seufzend vernehmen ließ, ihm auch noch die letzten frühzeitig ergrauenden Haare vom Kopf zu fressen. Dabei waren noch nicht einmal die beiden Schildkröten Pascha und Sultan eingerechnet, die aus ihrem verschwiegenen Dasein im Garten nur auftauchten und feierlich über die Veranda in den Salon marschierten, um sich zu Vaters Füßen andächtig zu versammeln, wenn er sich abends oder sonntags an den Flügel setzte und spielte — notabene nur bei Klassisch-Wohllautendem, schon Wagner konnte sie nicht mehr locken —, ganz zu schweigen von der endlosen Kette von Hausmädchen, die so schnell wechselten, daß wir ständig mit ihren Namen durcheinandergerieten und sie schließlich einheitlich Paula nannten. Mit fünf Kindern nähmen sie es zur Not noch auf, pflegten sie ihre überstürzte Kündigung zu begründen, aber dauernd über einen ganzen Zoo zu stolpern, das könne niemand von ihnen verlangen.

Am meisten hatte natürlich Mutter unter dem ständigen Paula-Wechsel zu leiden. Des Haushalts wegen und weil sie durch ihre häufigen Anwandlungen von Zerstreutheit mit den jeweiligen Ab- und Zugängen und den immer neuen Gesichtern nicht gleich zurechtkam. Es konnte passieren, daß sie eine Studentin, die Vater ihrer Doktorarbeit wegen aufsuchen wollte und in der Diele darauf wartete, zu ihm ins Arbeitszimmer geleitet zu werden, für den gerade amtierenden Zugang hielt und die Verblüffte zum Fensterputzen ins Wohnzimmer schickte. Bis sich der Irrtum aufklärte, vergingen ein paar Minuten, die zumindest für eine der Beteiligten äußerst peinlich waren.

Mutters wegen unternahm Vater gelegentlich auch halbherzige Versuche, unsere überschwengliche Tierliebe einzudämmen und uns, wenn wir schon nicht ganz oder teilweise auf den Zoo verzichten wollten, wenigstens dazu zu bringen, die Tiere nicht dauernd freizügig in den Zimmern herumwimmeln zu lassen, Mohammed und die Schildkröten natürlich ausgenommen.

»Müßt ihr doch einsehen«, meinte er, noch guten Willens,

uns mit Vernunft beizukommen. »Ich sag's ja nicht meinetwegen, sondern wegen der Biester. Neulich hätt' ich mich fast auf Adelheid gesetzt. Ich konnte ja nicht wissen, daß sie ihr Mittagsschläfchen gerade in dem Sessel hielt, in dem ich für gewöhnlich meine Zeitung lese.«

»Hättest eben die Augen aufsperren müssen«, antwortete einer von uns genau mit dem Satz, mit dem er uns kühl zu bedenken pflegte, wenn wir über eine Beule am Kopf oder ein geschundenes Knie, beides durch die Tücke unvorhergesehener Hindernisse hervorgerufen, jammerten.

»Hätt' ich eben nicht«, schoß er, schon ein bißchen hitziger, zurück, »weil weder ich noch sonst jemand da, worauf man sich setzt, Augen zum Aufsperren hat!«

Ein Kichern durchlief unser Grüppchen, und um die Stimmung erst gar nicht allzu munter werden und sich womöglich davon anstecken zu lassen, fuhr er energisch fort: »Also es bleibt dabei: Die Biester haben in Zukunft nur abends eine Stunde Ausgang, sonntags zwei, wenn ihr eure Schularbeiten ordentlich gemacht und euch auch sonst anständig aufgeführt habt. Für pünktliche Rückmeldung habt ihr zu sorgen. Keine Widerrede! Sie sollen ja ihre Freiheit haben, aber schließlich müssen andere Leute auch mal in die Wohnung treten können, ohne unversehens einen Mord auf dem Gewissen zu haben.«

Es blieb natürlich nicht dabei. Spätestens nach zwei, drei Tagen hatte Vater genug davon, uns mit trübetümpligen Gesichtern rumlaufen zu sehen und dauernd Andeutungen zu hören, daß Adelheid schon ganz blaß aussehe und Murmel bedenkliche Zeichen von Lebensüberdruß zu erkennen gebe, und nachdem er sich in Hörweite von uns bei Mutter mit hohngesättigter Stimme erkundigt hatte, ob sie schon mal ein blasses Meerschweinchen gesehen habe, begab er sich schließlich doch zu Murmels Käfig — meistens zu seinem, weil ihm der Hamster irgendwie menschenähnlicher und sympathischer vorkam, spähte forschend durchs Gitter, und man konnte ihn sagen hören: »Ich weiß zwar nicht, wie ein lebensüberdrüssiger Hamster aussieht, und du kommst mir soweit ganz munter vor, aber falls du's doch bist, möcht' ich nicht an deinem frühen Hinscheiden schuld sein. Komm also raus und sieh zu, daß du weder mir noch sonst wem in die Quere kommst. Schreib dir's hinter deine ungewaschenen Ohren und sag's auch den andern, daß in der Freiheit leben gefährlich ist.«

Es war wirklich schon besser, daß uns keine Verwandten besuchten. Zuzüglich zum Zoo auch noch einen ausgewachsenen Professor der ökonomischen Wissenschaften zu erleben, der mit einem Hamster philosophische Gespräche führte — wahrhaftig, sie hätten uns vermutlich noch schneller gekündigt als unsere Paulas.

Die Tatsache, daß wir dennoch ein ganzes Schock Verwandte unser eigen nannten, wurde uns so recht eigentlich nur durch das Familienalbum bewußt.

Es war ein dickleibiges Relikt aus früheren Zeiten, dessen schäbiger Einband aus verblaßtem roten Preßsamt mit abgeblättertem Goldaufdruck nur zu deutlich verriet, daß es im Laufe der Jahrzehnte allerhand Ungemach durchlitten hatte und seit langem keinen Anspruch mehr auf den Ehrenplatz erhob, den es früher mal in Großmutters guter Stube und danach in der ersten Zeit von Mutters Ehe auf der spindligen Mahagoni-Etagère im Salon eingenommen hatte. Es war vollgestopft mit zum Teil reichlich verblaßten, meist sepiabräunlichen, manchmal auf Pappe gezogenen Photographien, auf denen einzeln oder in feierlich aufgebauten Gruppen bärtige Herren mit und ohne Zylinder in hohen Kragenröhren, Baby-Nackedeis auf Eisbärfellen, martialisch blikkende Uniformierte und eng geschnürte, fischbeingesteifte Damen mit leicht bedrängten Mienen zu sehen waren.

Eine der Photographien imponierte uns besonders, weil der Herr, den sie präsentierte, nicht so brav und bieder wie die meisten anderen aussah, sondern eher wie ein Pirat oder besserer Räuberhauptmann, der sich auf seine älteren Tage ins Privatleben zurückgezogen hatte. Nur der horngerahmte Zwicker auf der kühnen Hakennase paßte nicht so recht dazu, aber die beängstigend durchdringenden Augen dahinter, das Kinn mit dem kurzgehaltenen eisgrauen Bart, der tabakfleckige Schnauzer, desen Enden über die Lippen hingen, und der mit weißlichgrauen Stoppeln bestandene, cäsarischmächtige Schädel, all das hätte auch Störtebecker heißen können. In Wirklichkeit hieß der Herr aber Krüger und war unser Großvater.

Wir hatten ihn noch in seiner Zuckerfabrik erlebt, die wir während Vaters und später auch unserer Ferien im Sommer heimsuchten, zum Schrecken der Werkmeister, denen streng aufgetragen war, darauf zu achten, daß wir weder im Gradierwerk lebensgefährlich herumkletterten noch mit den Loren in den Speichern Eisenbahn spielten oder gar in dem Becken, in dem die Zuckerrüben geschwemmt wurden, Schwimmversuche anstellten und womöglich ertranken, und auch damals war er noch recht eindrucksvoll gewesen. Ob er an seinem Stehpult hinter der Holzschranke im Kontor die Fakturen prüfte oder aufmerksam schweifenden, jede Kleinigkeit wahrnehmenden Blicks lang und kerzengerade trotz seiner Jahre über den Hof marschierte, ganz »der lange Schlot von der Fabrike«, wie ihn die Arbeiter hinter seinem Rücken nicht gerade liebevoll, aber zumindest respektvoll titulierten, immer war er eben eine imponierende Erscheinung, obwohl er sich im Umkreis der Fabrik selten anders als in seiner abgewetzten schwarzen Lodenjoppe, reichlich schlottrigen Hosen und einer von Wind und Wetter schon recht mitgenommenen Kohlblattmütze blicken ließ. Das altpreußische »Mehr sein als scheinen« gehörte eben außer der Sparsamkeit auch zu seinen unumstößlichen Lebensregeln.

Gut Kirschen essen, wenn man was ausgefressen hatte, war mit ihm noch immer nicht, aber wenn er uns abends beim

Schein der grünbeschirmten, sein Seeräuberprofil scharf aus der Dunkelheit hebenden Schreibtischlampe in seinem Arbeitszimmer mit den vielen Büchern in den Regalen und einer Kopie des Bismarck-Porträts von Lenbach an der Wand aus »David Copperfield« oder »Ut mine Stromtid« vorlas — Dikkens und Fritz Reuter waren seine Leib- und Magendichter, und vorlesen tat er gern, vielleicht weil alle andern dann den Mund halten mußten —, rückte er uns richtig nah, und uns war ganz heimelig und gar nicht mehr so respektvoll zumute.

Natürlich wird er zu Mutters Jugendzeit bei solchen Gelegenheiten auch nicht viel anders gewesen sein, aber sie hatte doch eine Menge von ihm auszustehen, bestimmt jedenfalls von dem Zeitpunkt an, an dem die Jungen anfingen, sich nach ihr umzudrehen, und ihm das auffiel.

So richtig auffallen tat es ihm zum erstenmal, als er eines Sonntagvormittags von einem seiner Inspektionsgänge durch die Fabrik zurückkam und auf der Treppe zu der im obersten Stock eines der Fabrikgebäude gelegenen Wohnung einem Jüngling begegnete, der bei seinem Anblick die Mütze vom Kopf riß, einen Gruß stotterte, sich schleunigst an ihm vorbeidrückte und den Rest der Treppe hinunterpolterte, als sitze ihm wer weiß was oder wer im Nacken.

»Wer war denn der Bengel?« fragte er Großmutter, die er in der der Flurtür gegenüberliegenden geräumigen Küche damit beschäftigt sah, einen stattlichen Strauß Margueriten ordentlich in eine Vase zu stellen. »Der kam mir so merkwürdig schreckhaft vor, als hätte er gerade was ausgefressen.«

»Nein, das nun gerade nicht«, erwiderte Großmutter, ohne von ihrer Beschäftigung aufzusehen. »Das war Lehrer Röpkes Ältester, und er hat bloß gefragt, ob er die Blumen hier für unser Gretchen abgeben darf. Ist doch nett, nicht?«

Da sie keine Antwort bekam, sah sie leicht verwundert auf und fand Großvaters Blick mit einem Ausdruck ungläubigen Staunens auf sich gerichtet.

»Hast du eben ›für Gretchen‹ gesagt?« fragte er.

»Na, für wen denn sonst? Für dich bestimmt nicht, und älteren Damen pflegen Jungs im allgemeinen selten Blumen zu bringen.«

»Aber Kindern auch nicht, und Gretchen ist noch 'n Kind! Schmeiß das Gemüse sofort weg!«

Großmutter war körperlich gegen Großvater nur eine halbe Portion, und aus langer, nicht immer ungetrübter ehelicher Erfahrung wußte sie, daß er Widerspruch ganz und gar nicht schätzte, aber es gab doch Bereiche, in denen sie seine unverblümt zur Schau getragene männliche Überlegenheit nicht anzuerkennen bereit war. Er sah sich also plötzlich einem Persönchen in gerüschter Sonntagsseide mit vorgebundener Schürze gegenüber, das ihn mit kampflustig blitzenden, wenn auch kurzsichtigen braunen Augen ansah und offensichtlich nicht daran dachte, seiner unmißverständlichen Anordnung nachzukommen.

»Kommt nicht in Frage!« sagte sie damenhaft gedämpft, aber deshalb nicht weniger entschieden. »Mit Blumen geht man nicht so um, schon gar nicht mit solchen, die einem nicht gehören. Und was deine Ansicht, Gretchen sei noch ein Kind, betrifft, fang ruhig an, schon ein bißchen umzulernen. Sie ist immerhin vierzehn, und wenn du nicht bald mit Umlernen anfängst, wird's dir später nur um so schwerer fallen. Außerdem . . .«, und nun schlich sich die Andeutung eines Lächelns in ihre Kampfeslust, ». . . brauchst du dir wegen des Jungen bestimmt keine Sorgen zu machen. Der ist so schüchtern, daß er kaum den Mund aufkriegt, und daß er für Gretchen gerade Margueriten gepflückt hat, zeigt doch, daß er keiner von der üblichen Sorte ist, sondern Sinn für Poesie besitzt.«

»Wieso?« fragte Großvater stur.

»Na, hör mal! Margueriten für Margarete . . .?«

»Vielleicht hat er mehr an Gänseblümchen gedacht«, beschloß Großvater den Disput mit einem bissigen Scherzwort, das ihm selber ein bißchen billig und vor allem seinem Gretchen gegenüber höchst ungerecht vorkam, ihm aber immerhin die Illusion eines noch halbwegs gelungenen Rückzugs aus einem schon verloren geglaubten Gefecht verschaffte.

Es ist ungewiß, was damals den größten Eindruck bei ihm hinterließ: Großmutters ungewohntes und standhaftes Aufmucken oder die niederschmetternde Tatsache, daß seinem überlegenen männlichen Scharfblick etwas entgangen war, was ein unvoreingenommener Betrachter auch ohne Brille unweigerlich hätte sehen müssen: daß Gretchen nämlich wirklich kein Kind mehr war. Denn wie er sich zu Großmutters unterdrückter Erheiterung schon beim folgenden sonntäglichen Mittagessen verstohlen überzeugen konnte, wies ihre Erscheinung, wenn auch erst dezent, nicht nur alle verläßlichen Merkmale femininer Natur auf, sie war auch auf eine Weise hübsch, die zwar oberflächlich betrachtet noch kindlich, aber wiederum auch nicht mehr ganz kindlich war und besonders in gewissen Blicken der lächelnden blanken braunen Augen und im Schmollen der vollen Lippen schon jetzt beunruhigende Möglichkeiten barg.

Diese Entdeckung hatte zunächst zur Folge, daß Großvater sich nach dem Mittagessen nicht, wie er eigentlich vorgehabt hatte, an seinen Schreibtisch zurückzog, um sich in aller Ruhe mit in der Fabrik aufgetauchten Organisationsfragen zu beschäftigen, sondern eine gute Stunde unter heftiger Zigarrenqualmentwicklung über den Teppich seines Studierzimmers auf und ab wanderte und sich diesem ihm neu zugewachsenen Problem zu stellen suchte. Dabei vergaß er sogar das selbstauferlegte Gebot, nicht immer den gleichen Weg zu nehmen, um einseitiges Abtreten des heimgewirkten Persers zu vermeiden.

Die früher oft erwogene Frage, ob es nicht überhaupt zweckmäßiger und weniger mühsam gewesen wäre, sich, wenn möglich, nur männlichen Nachwuchs zuzulegen, war in diesem Zusammenhang längst nicht mehr wichtig, denn Gretchens Charme hatte sie schon in jugendlichstem Alter zu seinem Liebling avancieren lassen, neben dem ihr um zwei

Jahre jüngerer Bruder Leopold nur eine sehr bescheidene zweite Geige spielte.

Wichtig allein war, wie er in Zukunft seinen Liebling vor den Fährnissen schützen konnte, die hinter jeder Ecke auf sie lauern würden und die seine aufgescheuchte Phantasie in allen Farben lüsterner Verlockung ausmalte. Er selbst war zwar ein strebsamer Jüngling gewesen, dessen durch die strengen Sitten im väterlichen Kantorhause gebändigte Energien sich ziemlich ausschließlich dem Studium und dem Vorwärtskommen zugewandt hatten, aber so wie er war eben beklagenswerterweise nicht jeder, und schließlich hatten auch die Zeitläufte seit dem Ende des gewonnenen Siebziger Kriegs mit dem wachsenden Reichtum auch eine bedenkliche Lockerung der Sitten mit sich gebracht.

Es hieß also, die Augen offenzuhalten, und die erste Folge dieses Entschlusses war, daß Gretchen bei Schulschluß häufig wie zufällig Großvater, rüstig seinen Knotenstock schwingend, vor der Schule aufkreuzen sah, wie immer in Joppe und Schlotterhose, aber für diesen Ausgang ins Dorf mit einem leicht in den Nacken zurückgeschobenen Hut geschmückt, der seine eleganten Tage auch schon seit geraumer Zeit hinter sich hatte. »Wie hübsch, daß ich gerade hier vorbeikomme«, pflegte er gänzlich ungeniert ob der Unwahrscheinlichkeit so gehäufter Zufälligkeiten zu sagen. »Da können wir ja zusammen nach Hause gehen.«

Dabei musterte er mit argwöhnischem Zwickerblick die lärmend herumwimmelnden Schüler, ob sich da nicht etwa in verdächtiger Nähe jener Lauselümmel befände, der sich unterstanden hatte, Gretchen die Margueriten zu bringen.

War er selbst mal verhindert, was gelegentlich vorkam, tauchte ebenso »zufällig« Tante Hedwig auf, Großmutters ein paar Jahre jüngere unverheiratete Schwester, die bei ihnen den Haushalt führte, um mögliche Übergriffe jugendlicher Don Juans auf dem Heimweg zu verhindern.

Gretchen war gar nicht beglückt über soviel Fürsorglichkeit. »Die lachen mich in der Schule schon aus«, beklagte sie sich bitterlich bei Großmutter. »Als wenn ich nicht alleine nach Hause fände. Und wieso überhaupt? Wer tut mir denn was?«

Aber wenn Großmutter dieserhalb mit Großvater sprach, um ihn zu bewegen, seinen Überwachungsdienst aufzugeben, sagte er nur: »Du hast ja gewollt, daß ich umlerne! Nun hab' ich, und nu bist du auch nicht zufrieden. Aber laß die nur ruhig lachen. Wer zuletzt lacht, lacht am besten!«

Bevor Gretchen dann zwecks Besuchs der höheren Schule in Magdeburg in ein Pensionat gesteckt wurde, ließ es sich Großvater persönlich angelegen sein, das geeignetste für sie auszusuchen, das in seinen Augen dasjenige war, das nicht nur gediegene Unterkunft und Verpflegung, sondern auch durch den sittlich gefestigten Charakter seiner Leiterin ein Höchstmaß an Schutz und Geborgenheit für sein Goldstück bot. Von der untadeligen Qualität der materiellen Seite überzeugte er sich durch eingehende Inspizierung von Küche und Speisekammer sowie der Schlafräumlichkeiten der Mädchen und von der sittlichen Festigkeit der Pensionsleiterin durch gründliche Befragung der Betroffenen, die bei den erstaunten Damen den Eindruck hinterließ, einem kriminalistischen Verhör unterzogen worden zu sein. Um diese ärgerliche Wirkung wieder zu verwischen und gut Wetter für sein Gretchen zu machen, erschien er bei der schließlich Erwählten auf Großmutters Anraten hinterher mit einem mächtigen Nelkenstrauß, obwohl er die Ausgabe total überflüssig fand.

»Man muß doch wissen, wohin man sein Kind bringt«, grummelte er Großmutter gegenüber mißvergnügt, »und ich hab' sie ja schließlich nicht gefragt, ob sie uneheliche Kinder hat.«

Großmutter warf einen besorgten Blick zur Tür, ob sie auch fest genug geschlossen sei, um diese unziemliche Bemerkung nicht an dafür ungeeignete Ohren gelangen zu lassen.

»Na, das fehlte noch«, sagte sie dabei. »In dem Fall würden Nelken bestimmt nicht reichen. Du müßtest mindestens mit Orchideen anrücken!«

Immerhin muß erwähnt werden, daß der bärbeißige Piratencharme, den Großvater bei passender Gelegenheit entfalten konnte, die Scharte doch wieder ausgewetzt haben mußte, denn wenn Gretchen in den folgenden Monaten und Jahren regelmäßig zu Wochenenden oder am Ferienbeginn nach Hause fuhr, versäumte es die Pensionstante nie, ihr einen besonderen Gruß für den väterlichen Kavalier in Auftrag zu geben.

»Siehste«, sagte Großvater nur, schob wohlgefällig beide Daumen in die Ärmellöcher der Weste und wippte auf den Zehenspitzen, »und das in meinem Alter!« Und mit leisem Bedauern in der Stimme fügte er hinzu: »Mit 'nem Bund Veilchen für zwei Groschen hätt' ich das bestimmt auch geschafft!«

Sein Bestes an Erfindungsreichtum und Organisationstalent leistete Großvater jedoch erst, als sein Goldstück nach Beendigung der höheren Schule ein paar Monate zu Hause blieb, bevor sie ein Potsdamer Pensionat bezog, um im Strahlenglanz des kaiserlichen Hofes — nicht gerade mittendrin, aber doch wenigstens am Rande — all das eingetrichtert zu bekommen, was einer höheren Tochter anstand: passablen Umgang mit dem Pianoforte, französisch Parlieren, Tanz- und Benehmitätsfinessen und, soweit nötig, die Raffinements der kulinarischen Kunst.

Da dieser Umzug, ganz zu schweigen von ihrer körperlichen Entwicklung — sie war ja inzwischen achtzehn geworden und hatte selbst nach Großvaters zögerndem Urteil das Kindstadium endgültig hinter sich —, eine umfängliche Ergänzung ihrer Garderobe erforderte und dem für Wochen zum Hausschneidern bestellten ältlichen Fräulein Mürbekow der rechte Schick für die besseren Sachen fehlte, mußte sie gelegentlich zum Einkauf nach Magdeburg fahren, und nicht immer konnte Großmutter oder Tante Hedwig mitkommen. Die Begleitung Fräulein Mürbekows hatte Gretchen aber rundweg abgelehnt, weil sie ihr zu sehr nach Mottenkugeln roch.

»Wenn's nur das wäre«, bemerkte Großvater später. »Gegen Mottenkugeln ist ja schließlich nichts einzuwenden, aber neulich hat die alte Wachtel nach Schnaps gerochen, noch dazu nach einem von 'ner billigen Sorte. Und das geht ja nun wirklich nicht.«

Fuhr Gretchen also ausnahmsweise allein, kurbelte Großvater vorher ausdauernd an seinem Telefon im Büro, rief nacheinander die Vorsteher der vier Bahnhöfe zwischen seinem Dorf und Magdeburg an, und da er als Hauptabnehmer der Zuckerrübenernte und guter Transportkunde der Eisenbahn bei ihnen wie in der ganzen Gegend bekannt war, erschien auf jedem Bahnhof der Stationsvorsteher vor Gretchens Abteil, riß die Tür auf, grüßte angesichts von soviel lächelndem Liebreiz stramm-militärisch mit der Hand am Mützenschirm und erkundigte sich bei dem gnädigen Fräulein, ob alles in Ordnung sei. Dabei überzeugte er sich durch einen schnellen Rundblick auftragsgemäß, ob da nicht irgendein verdächtiges männliches Individuum säße, dem zuzutrauen sei, daß es in der kurzen Zeitspanne zwischen zwei Stationen der Tugend des Fräuleins etwas zu nahe träte.

Vor dem Magdeburger Hauptbahnhof aber erwartete sie bereits der alte Heilicke, das Faktotum von Großvaters Freund Oskar Grotjahn, um sie mit dem eleganten Grotjahnschen Coupé entweder gleich zu den betreffenden Geschäften oder erst zum Besuch in der Villa seiner Herrschaft zu kutschieren.

Solcherlei Vorzugsbehandlung auf den Stationen erregte natürlich die Neugier der Mitreisenden in Gretchens Abteil und in besonderem Maße eines Tages die eines jungen

Herrn, der mit seinem bürstenartig kurz geschnittenen blonden Haar, seinem randlosen Zwicker und einer besonders hohen, steifen Kragenröhre so harmlos aussah, daß keiner der vier rotbemützten Herrn auf die Idee verfiel, ihn zu den von Großvater gefürchteten schlimmen Tugendräubern zu zählen.

Auch Gretchen hatte ihm beim Einsteigen nur einen wohlerzogen-kühlen Streifblick gewidmet und sich sodann in ein Heft der »Gartenlaube« vertieft, das sie als Reiselektüre mitgenommen hatte. Sie schwärmte ohnedies zur Zeit mehr für dunkel, lockig und romantisch, und gelegentlich tauchten in ihren Träumen der Feuerblick und die üppige Lockenpracht eines jungen Mimen auf, den sie kürzlich auf der Bühne des Magdeburger Stadttheaters in Björnsons »Die Neuvermählten« heimlich bewundert hatte. Natürlich heimlich, weil Großvater dabei gewesen war und wahrscheinlich trotz der voll bezahlten Eintrittskarten schon in der ersten Pause mit ihr gegangen wäre, wenn er nur etwas davon gemerkt hätte.

Der junge Herr, der zusammen mit einem recht langweilig und bieder aussehenden Ehepaar das Abteil mit ihr teilte, hatte sich beim Erscheinen des ersten Bahnbeamten noch nichts Besonderes gedacht, hatte wohl, wenn überhaupt, persönliche Bekanntschaft oder dergleichen in Erwägung gezogen, aber als dann der zweite und dritte erschien, drängte sich ihm die Vermutung auf, daß es sich bei der jungen Dame zumindest um die Tochter des Generaldirektors der Magdeburgisch-Anhaltinischen Eisenbahn, wenn nicht gar um ein Mitglied der auf den großen Gütern der Umgebung residierenden hochadligen Familien handeln müsse. Und der vierte salutierende Stationsvorsteher steigerte schließlich seine Vermutungen bis hin zur schwindelnden Höhe einer inkognito reisenden Prinzessin, obwohl eine solche, selbst inkognito, ohne Gefolge undenkbar schien.

Nun war es jedoch keineswegs so, daß es dieses zusätzlichen Anreizes bedurft hätte, um den jungen Mann seinen vor

Aufregung sich beschlagenden Zwicker immer wieder putzen und seinen Blick immer von neuem von den draußen vorüberziehenden Zuckerrübenfeldern abschweifen und verstohlen zu seiner Reisegefährtin wandern zu lassen: Sie gefiel ihm ohnehin, gefiel ihm unmäßig!

Durch den hauchzarten Schleier mit eingewebten Sternchen war das hübsche Profil mit der feinen, geraden Nase, dem runden, eigenwilligen Kinn, den rosigen Lippen deutlich zu erkennen, und darüber thronte auf hochfrisiertem Gewölke kastanienfarbenen Haars ein mit Blumen und einer puschligen Straußenfeder geziertes kühnes Strohgebilde. Und wie sie dort saß, ihm schräg gegenüber in der anderen Fensterecke, leicht ins angestaubte Polster zurückgelehnt, den Kopf lesend geneigt, ging eine Anmut von ihr aus, die auch einen größeren Kenner in puncto Weiblichkeit, als es der junge Mann seinem ganzen Habitus nach sein konnte, bezwungen hätte.

Aber ob Generaldirektorstochter oder Hochadelsdame, sie war so oder so unerreichbar für ihn, gehörte in eine andere Welt, in der ein kleinstädtischen Verhältnissen entstammender, eben erst promovierter Doktor der Volkswirtschaft und seit kurzem zeitweiliger Volontär der Magdeburger Privatbank, wie der junge Mann seinen gegenwärtigen gesellschaftlichen Status deklariert hätte, nichts, aber auch rein gar nichts zu suchen hatte.

Und so sah er denn trüben Gemüts seine bezaubernde Reisegefährtin auf dem Magdeburger Hauptbahnhof in der Menge und damit aus seinem Leben verschwinden, ohne auch nur den Versuch zu machen, ihr zu folgen, um vielleicht Näheres über sie in Erfahrung zu bringen oder sie gar anzusprechen, und das, obwohl ihm ungewiß zumute war, als sei sein Lebensglück soeben dicht an ihm vorübergegangen.

Dankenswerterweise wartet das Schicksal außer mit finsteren Tücken gelegentlich auch mit erfreulichen Überraschungen auf, und als der junge Mann die stattliche Villa der Eltern seines Studienfreundes Männe Grotjahn betrat, die ihm Unterkunft geboten hatten, bis er ein möbliertes Zimmer für sich fände, war das erste, was er auf der Garderobenablage in der Diele sah, das schicke, blumen- und federgezierte Strohgebilde, das er schon kannte. Und als er danach wie vom Donner gerührt durch die Glasfüllung der Tür in den anschließenden Damensalon spähte, gewahrte er dort, plaudernd mit Mutter Grotjahn, die dazugehörige junge Dame.

Nur sein ihm durch Erziehung eingetrichterter Abscheu vor unliebsamem Aufsehen hinderte ihn daran, auf der Stelle in einen frohlockenden Indianertanz auszubrechen.

Zweites Kapitel

Wasser ist meistens naß

Mit dem Indianertanz war's also nichts, und auch die junge Dame rückte ihm bei dieser Gelegenheit noch nicht näher, weil ihm ein anderes Ereignis störend in die Quere kam . . .

In unserem Familienalbum weckte außer Großvaters Piratenkonterfei noch ein anderes unser gesteigertes Interesse. Nicht etwa besonders prägnanter oder Ungewöhnliches versprechender Gesichtszüge, sondern der völligen Abwesenheit solcher wegen, denn von dem abphotographierten Individuum waren unter einer Art unförmigen Glocke aus Weidenstäben und imprägnierter Ballonseide nur die unten herausragenden Füße zu sehen.

»Das ist Onkel Julius Grotjahn«, erklärte uns Mutter die rätselhafte Erscheinung, »in dem Anzug, in dem er auf den Himalaya klettern wollte.«

Wie sich's bei gründlicherem Nachfragen herausstellte,

ging Mutters Erläuterung ein wenig am Kern der Sache vorbei. Mit technischen Dingen hatte sie es ohnehin nicht und hörte meistens nur zerstreut zu, wenn man ihr derlei im Gespräch zumutete, und ganz abgesehen von der seit damals verstrichenen Zeit war bei Onkel Julius' vielfältigen und häufig wechselnden Interessen auf diesem Gebiete auch bei aufmerksamerem Zuhören schon eine Verwechslung möglich. Immerhin hätte die Erinnerung an seine körperliche Beschaffenheit, seine Kurzbeinigkeit und beträchtliche Leibesfülle sie darauf bringen müssen, daß er selbst nie daran gedacht hätte, sich zu einem so mühsamen Unternehmen wie einer Gipfelerstürmung aufzuschwingen.

Seine erstaunliche Erfindung — um eine solche handelte es sich nämlich — war auch keineswegs für Himalaya-Bezwinger bestimmt, denn in dem umfänglichen, jeden Schritt behindernden Gehäuse wäre es schon schwierig gewesen, einen bescheidenen Hügel zu erklimmen, sondern für wagemutige Naturen, die mit dem kürzlich erprobten ersten Motorflugzeug der Gebrüder Wright unter Umständen in Höhen geraten konnten, in denen es angeblich an atembarer Luft mangelte. Um dem vorzubeugen, sollte die Glocke vor dem Aufstieg mittels einer Fahrradpumpe mit Luft gefüllt und der Flugzeuginsasse so mit einem auskömmlichen Vorrat an Sauerstoff in die gefährlichen höheren Sphären entlassen werden.

Leider blieb Onkel Julius die Anerkennung der technischen Autoritäten versagt, da zu vermuten war, daß die eingepumpte Luft im Ernstfall durch die Öffnungen für Arme und Beine entweichen würde. Zur notwendigen Abdichtung wäre deren völlige Schließung unumgänglich gewesen, was freilich den Piloten außerstande gesetzt hätte, den Motor zu bedienen und überhaupt mit seinem Flugzeug aufzusteigen. Dann aber war die Erfindung wiederum überflüssig. Im übrigen war man der Meinung, daß die Erreichung von Höhen, für die Onkel Julius vorausschauend seine Vorsichtsmaßnahme erdacht hatte, ohnehin vorläufig noch in beruhigend weiter Ferne liege.

So scheiterten die meisten seiner kühnen Ideen an unerheblichen kleinen Unvollkommenheiten und an dem Umstand, daß einstweilen nicht das geringste Bedürfnis für sie bestand. Nur eine einzige — das soll um der Gerechtigkeit willen nicht unerwähnt bleiben — erfreute sich seinerzeit einer gewissen Verbreitung: ein patentierter eiserner Daumenschützer Marke »Hau zu!« für Leute, die sich beim Nägeleinschlagen ihrer Zielgenauigkeit nicht ganz sicher fühlten.

Was Onkel Julius so intensive Tätigkeit im Dienste des technischen Fortschritts erlaubte, war der Umstand, daß er einerseits gemeinsam mit seinem Bruder Oskar, Großvaters Freund, glücklicher Besitzer der von ihrem Vater begründeten florierenden Konservenfabrik war, Oskar andererseits aber die Last der Führung des Unternehmens mit Freuden allein übernommen hatte. »Ich zahl' dem gern seinen Anteil und ein Gehalt dazu, wenn er mir in der Fabrik bloß von der Pelle bleibt«, hatte er Großvater in einem offenherzigen Moment anvertraut. »Das fehlte mir grade noch, daß er da auch irgendwas Verrücktes erfindet.«

Es ist anzunehmen, daß Onkel Julius von der brüderlichen Einschätzung seiner Fähigkeiten wußte, denn Oskar gehörte zu der poltrigen Sorte von Leuten, die selbst ruppige Offenheit für eine Tugend und Höflichkeit für eine zivilisatorische Verfallserscheinung halten, aber er hörte eben vornehm drüber weg und ließ nicht davon ab, immer neuen Einfällen seiner üppig wuchernden Phantasie nachzujagen.

Über das, was ihn letzthin beschäftigte und täglich lange Stunden in einer nicht weit entfernten Tischlerei festhielt, hatte er bisher nicht gesprochen und nur gelegentlich im Familienkreis bescheiden durchblicken lassen, daß es sich um eine epochale neue Erfindung handle, die auch von eminenter militärischer Wichtigkeit werden könne. Er würde sich nicht wundern, wenn der Große Generalstab vor seiner Tür Schlange stünde, sobald er erst einmal das Geheimnis lüfte.

»Daß ich nicht lache«, hatte Oskar hämisch dazu bemerkt. »Das wird schon was eminent Militärisches sein, wo du deiner Plattfüße wegen nicht mal diensttauglich warst!«

Onkel Julius runzelte leicht die Stirn, weil er seine körperlichen Unvollkommenheiten nicht gern coram publico und schon gar nicht vor den Ohren seiner kichernden Nichten Veronika und Sophie breitgetreten hörte, aber er schwang sich doch über seinen Groll hinweg zu einer würdigen Antwort auf: »Moltke hat siebzig-einundsiebzig alle seine Schlachten bekanntlich nicht mit den Füßen, sondern hiermit —«, er tippte sich vielsagend an die Stirn, »— gewonnen, und da komm' ich vorläufig noch ohne Einlagen aus.«

Was aber wirklich dahintersteckte, vertraute er als erstem dem studierten Bankvolontär Heinrich Streubel an, der sich eben in der Diele von seiner Überraschung erholte. Onkel Julius war eigentlich auf der Suche nach seinem Neffen Männe gewesen, der ihm schon hin und wieder gegen einen kleinen Zuschuß zu seinem Monatswechsel als Helfer gedient hatte, aber dessen Freund erschien ihm nun für seine Zwecke noch weit besser geeignet, und so erkundigte er sich mit geheimnisvoll raunender Stimme, ob er wohl ein Stündchen für ihn erübrigen könne. Es sei überaus wichtig. Gerade an einem außerhalb der Familie stehenden verschwiegenen Assistenten sei ihm gelegen, und wenn er nicht gerade anderweitig dringend verpflichtet oder beschäftigt sei ...

Streubel begriff nicht recht, was er von ihm wollte, aber er sah keine rechte Möglichkeit, sich ihm zu entziehen. Zwar fiel es ihm schwer, sich von der lieblichen Vision im Damensalon jenseits der Scheibe so schnell zu trennen, aber hier länger herumstehen konnte er auch nicht, für die ihm gebotene Gastfreundschaft hatte er sich irgendwie erkenntlich zu zeigen, und außerdem war ihm der kleine, rundliche Mann im saloppen Samtjackett mit dem ewig verrutschenden Zwicker auf der Knubbelnase und dem pausbäckigen Gesicht eines in die Jahre geratenen Posaunenengels sympathisch. Er ließ sich also fortziehen, anfangs stumm; erst vor dem Geräteschuppen im Garten hinter dem Haus wurde Julius gesprächig.

»Also kein Wort vorläufig drüber!« sagte er dringlich, während er mit dem Schuppenschlüssel am Schloß hantierte. »Der Tischler hat sie genau nach meinen Angaben angefertigt und vor einer Stunde abgeliefert. Jetzt kommt's drauf an, sie zu erproben. Mein Bruder traut mir nichts Rechtes zu, aber diesmal bin ich mir völlig sicher. Na, Sie werden's gleich sehen.«

Was Streubel sah, nachdem Julius die Tür aufgetan hatte, als sei ein Weltwunder dahinter verborgen, war auf den ersten Blick nicht überwältigend. Auf den zweiten auch nicht. Auf dem Werktisch lagen zwei an die zwei Meter lange, vorn spitz aufgebogene, einander völlig gleiche Gegenstände, die sich wie eine Mischung aus schmalen Schiffchen und hochbordig-schwerfälligen Schneeschuhen ausnahmen. In ihrer Mitte war je ein Loch, offenbar zur Aufnahme eines Fußes bestimmt, und seitwärts befanden sich kleine flossenartige Auswüchse, die sich, mit Trethebeln im Innern verbunden, bewegen ließen.

Julius' Blick schwenkte erwartungsvoll zu Streubel hoch, der ihn um mehr als Haupteslänge überragte. Wenn auch nicht gleich einen Begeisterungstaumel, erwartete er wenigstens Beifall. »Na, was sagen Sie dazu?« half er nach.

Streubel mühte sich, seiner Erwartung nachzukommen. »Großartig!« murmelte er. »Äußerst interessant, aber ... was ist das?«

»Na, hören Sie mal!« Einen Moment sah Julius beleidigt aus, aber dann übermannte ihn ungebrochener Schöpferstolz: »Wassergleitschuhe ... ein Mittel, dem Menschen neue Horizonte, neue Erlebniswelten zu erschließen. Stellen Sie sich vor ...«

Der kleine Mann klemmte sich den Zwicker fest auf die Nase, wippte begeistert auf den Sohlen seiner Knöchelstiefeletten, als spüre er bereits Wogendes unter den Füßen, und schien leuchtenden Auges geradewegs durch die Schuppenwand schon in eine jener neuen Erlebniswelten zu blicken. Dazu quoll ihm reine Lyrik über die Lippen: ». . . stellen Sie sich vor, Sie gleiten lautlos durchs Wasser hin, eins mit der Natur, ihren Kräften ganz hingegeben, dem Singen und Raunen der Flußnymphen lauschend . . . wann wurde das der Menschheit schon einmal geboten? Muß das nicht ein Erlebnis sein?«

Sein Blick hob sich wiederum beifallshungrig, und Streubel tat ihm den Gefallen, ließ anstandshalber auch seinerseits ein wenig ekstatischen Glanz hinter die eigenen Zwickergläser steigen und versagte sich den Gedanken an stille Kahnfahrten, die ohne erfinderische Mühewaltung schließlich Ähnliches boten. Von Schwimmen ganz zu schweigen.

»Das freut mich«, fuhr Onkel Julius befriedigt fort. »Aber abgesehen von solchen poetischen Möglichkeiten hat meine Erfindung auch eine sehr praktische Seite. Nun, davon werde ich Ihnen während der Fahrt berichten. Der Goldfischteich ist für unsere Erprobung nämlich leider zu klein, außerdem könnten die armen Tierchen dabei Schaden nehmen. Darum habe ich eins der Hausmädchen nach einer Droschke geschickt, die uns zum Elbufer bringen soll. Sie wird schon am hinteren Garteneingang auf uns warten. Wenn Sie nun einen der Gleiter nehmen wollen . . .«

Schon mit dem anderen beladen, ließ er den Blick noch einmal durch den Schuppen schweifen, ob er auch nichts vergessen habe. »Ja, richtig, den Schirm da nehmen Sie bitte ebenfalls mit!«

»Wozu das? Es regnet doch nicht!«

»Tut nichts zur Sache. Nehmen Sie ihn nur mit. Er gehört zur Erfindung.«

Bevor Streubel hinter Onkel Julius her den Garten verließ,

warf er noch einen sehnsüchtigen Blick zur Villa hinüber. Er hatte das kleine Wunder, das die schon für immer verschwunden geglaubte reizende junge Dame aus dem Zug neuerlich vor seine Augen gezaubert hatte, eigentlich noch gar nicht recht geschluckt, und doch wandte er ihr schon wieder den Rücken, ohne wenigstens ihren Namen erkundet zu haben. Aber sicher würde Männe ihn wissen, Freund Männe konnte er ohne Scheu fragen, und außerdem — Onkel Julius hatte nur von einer Abwesenheit von einem Stündchen gesprochen. Vielleicht war sie danach noch immer da, und es ergab sich eine Chance, sich ihr in aller Form zu nähern und vorzustellen.

Seine durch solcherlei Gedankenabschweifungen bewirkte geistige Abwesenheit bot nicht die beste Voraussetzung dafür, während der Droschkenfahrt von Julius' Diskurs über die mehr praktische und vor allem militärische Verwendbarkeit seiner Erfindung mehr als nur Bruchstückhaftes mitzukriegen. Von der strategischen Bedeutung von Flüssen war die Rede, die schwer zu überwinden seien, wenn man sich auf bekannte, leicht zu verteidigende feste Übergänge, wie etwa Brücken, beschränken müsse. Des Sieges weit sicherer dürfe sich der Feldherr fühlen — hier senkte Julius seine Stimme noch mehr, wohl durch den Verdacht bewogen, daß sich auch im biedersten Droschkenkutscher ein Spion verbergen könne —, wenn er an jeder beliebigen, von ihm frei gewählten und dem Feind daher unbekannten Flußlaufstelle überraschend anzugreifen vermöge, natürlich nur, falls die Soldaten seine, Julius Grotjahns, Patentgleiter im Tornister trügen!

»Im Tornister?«

Dieses höchst unwahrscheinliche Detail riß Streubel nun doch aus seinen Träumen, aber Onkel Julius war auf Protest vorbereitet. Schließlich konnte man von blutigen Laien nicht erwarten, daß sie sich in die kühnen Perspektiven schöpferischen Erfindergeistes so ohne weiteres hineinfinden würden.

»Sie hörten richtig: im Tornister!« raunte er, immer des Kutschers wegen, nachsichtig lächelnd. »Ich gebe zu, daß die Wirklichkeit vorläufig mit meiner Vision noch nicht völlig Schritt hält. Aber verlassen Sie sich drauf, eines Tages, in naher Zukunft womöglich, mit einem neuen Material, zusammenlegbar oder aufblasbar vielleicht, wer weiß . . . auf jeden Fall sind wir mit diesem Modell auf bestem Wege. Aber da sind wir schon!«

Ein von einem Garten umgebenes Gasthaus war an der ländlich gewordenen Straße aufgetaucht, ein Fußweg führte seitwärts ins Grün, und zwischen den Bäumen zur Rechten glitzerte eine weite Wasserfläche. Kein Zweifel: die Elbe.

Onkel Julius wandte sich an den Kutscher: »Halten Sie an und warten Sie hier auf uns. Trinken Sie auf meine Kosten ein Bier. Wir sind bald zurück.«

Der Kutscher drehte sich auf dem Bock halb um, während Julius und Streubel sich die Gleiter auf die Schulter luden.

»Können die Herren wenigstens schwimmen?« erkundigte er sich. »Falls nich, wär's mir lieber, Sie zahlten das Bier und die Fuhre gleich.«

»Der muß doch irgendwas mitgekriegt haben«, meinte Julius besorgt, als sie ihre Lasten über den Sandweg zum Ufer schleppten. »Wie käme der sonst auf Schwimmen? Hoffentlich ist er nicht doch ein Spion.«

Zehn Schritte weiter, am Strand, angesichts der nur von zwei langsam vorbeiziehenden Lastkähnen spärlich belebten Wasserfläche mit den Weiden und Windmühlen am anderen Ufer, war diese Besorgnis, von Wichtigerem verdrängt, bereits vergessen.

Eigentlich hatte er den jungen Mann bitten wollen, die Erprobung für ihn durchzuführen, aber jetzt, da der große Augenblick unmittelbar bevorstand, wußte er, daß er es selbst tun müsse. Erst dann wäre sein Triumph vollkommen, mit dem er nicht nur seiner Familie, Oskar vor allem, sondern der Welt beweisen wollte, was sie an ihm hatte und wer er war.

Bis auf ein paar dunkle Wolken am Horizont war das Wetter bestens, die Örtlichkeit zudem günstig. Eine kaum von der Strömung berührte kleine Bucht unterbrach hier die Uferlinie, und ein schmaler Brettersteg, an dem ein Ruderboot vertäut lag, beantwortete die Frage, wie man am besten, möglichst trockenen Fußes, in die Gleiter hineinsteigen könne. Onkel Julius neigte zu Rheumatismus und Erkältungskrankheiten, und so bereit er auch war, jedwedes Opfer für seine Erfindung zu bringen, hätte er doch ungern seinen Erfolg mit peinlich steifem Rücken und einem Schnupfen gefeiert.

Aber da war nun die Lösung! Er brauchte sich nur auf den Stegrand zu setzen, Streubel schob die Gleiter unter dem Steg ins ruhige Wasser, bis seine Beine direkt über den Fußlöchern baumelten, so daß er sich nur hinunterzulassen und mit den Füßen hineinzuschlüpfen brauchte. Doch zuvor drängte es ihn, einige des Anlasses würdige Worte von sich zu geben.

»Dies ist ein großer Augenblick«, sagte er feierlich, zu Streubel gewendet, »und ich glaube, wir werden einmal stolz darauf sein, an ihm teilgehabt zu haben. Grotjahns patentierte Wassergleiter werden ebenso wie die Erfindung des Rades und der Eieruhr in der Fortschrittsgeschichte der Menschheit ihren Platz einnehmen, und mein Name wird die Jahrhunderte überdauern ... Ihrer natürlich auch«, fügte er großzügig hinzu, um seinen Helfer nicht zu enttäuschen. »Wie war er doch gleich?«

»Streubel«, sagte der junge Mann mit einer kleinen Verbeugung verlegen, doch nicht ganz ohne Stolz, »Dr. Heinrich Streubel.«

»Sehr angenehm«, murmelte Julius. »Grotjahn und Streubel ... ein guter Klang mit akademischer Weihe noch dazu! Und nun ans Werk!«

Er drückte den Strohhut energisch aufs Haupt, klemmte den für die Gelegenheit auf alle Fälle an einer Seidenschnur verankerten Kneifer fest, ließ sich vorsichtig in die Öffnungen der Gleiter hinab, und da stand er nun, noch krampfig an den Steg geklammert, doch unterwärts schon der Ungewißheit des schwankenden Elements preisgegeben. Einen Atemzug lang schien es ihm undenkbar, sich von der Verläßlichkeit des Stegs zu trennen, und er erwog einen winzigen Moment, ob er nicht doch dem jungen Mann den Triumph des Erfolgs, aber auch die Mühsal der Erprobung überlassen solle. Hatte er etwa nicht die geistige Leistung vollbracht, und kam es auf die nicht vor allem an?

Doch dann entsann er sich all der kühnen Neuerer, die vor ihm bis weit zurück ins Dunkel der Zeiten ihr Leben gewagt hatten, um der Menschheit zu einer weiteren Sprosse aufwärts auf der steilen Leiter vom Neandertaler zum Homo sapiens des neuen 20. Jahrhunderts zu verhelfen, und er stieß sich ab, zitternd über seinen eigenen Mut erschrocken und zugleich fast schwebend über sich hinausgehoben. Der erste Schritt zum Triumph war getan!

Es war nur ein kleiner Schritt, nur ein schwaches Stößchen gewesen, das ihn kaum einen Meter vom Steg entfernte, und schon angelte er, in den Knien leise wankend, heftig mit den Armen nach hinten.

»Rasch, den Schirm noch! Wenn ich ihn nicht habe, kann ich mich nicht im Gleichgewicht halten!«

Und dann entfaltete er ihn über seinem Haupte, eine rosafarbene, zarte Seidenblüte, denn aus ästhetischen Gründen hatte er einen Damenschirm gewählt, der ihm dem heiteren Charakter einer Wasserreise angemessener schien als strenges, männliches Schwarz.

So glitt er dahin, ein Columbus auf Entdeckungsreise zu neuen Erlebniswelten, ein kleiner, wacker seine Ängste hinunterschluckender Held, der das Kaiserwort »Deutschlands Zukunft liegt auf dem Wasser!« auf seine Weise verwirklicht hatte und der allerhöchsten Anerkennung gewiß sein durfte.

Doch mit des Geschickes Mächten . . . Streubel war es, der als erster den Windstoß spürte und gleich darauf Julius heftig schwanken sah. Unbemerkt hatte sich die dunkle Wolkenbank vom Horizont näher herangeschoben, und von dorther drohte Gefahr. Der Schirm, bei ruhigem Wetter als Gleichgewichtsstütze gedacht, mußte vor dem Wind als Segel wirken und schleunigst eingezogen werden.

»Runter mit dem Schirm!« brüllte Streubel wild gestikulierend hinter ihm her, doch vollauf damit beschäftigt, sich auf den kurzen Beinen senkrecht zu halten, war Julius taub für jeden noch so gut gemeinten Zuspruch von außen. Denn nun war es nichts mehr mit sanftem Gleiten, mit dem Lauschen auf der Flußnymphen Singen und Raunen. Die durch den unerwünschten Antrieb bewirkte flottere Fahrt erwies sich für lyrisches Schwelgen als ungeeignet. Aber noch hielt er stand. Wenn er sich fest genug an den Schirmgriff klammerte, die Knie gegen aufkommendes Zittern steifte und das schwummrige Gefühl im Magen bezwang, konnte er das rettende Schilf am andern Ufer der Bucht erreichen. Schlimmeres als nasse Füße hatte er dann kaum zu erwarten. Doch die nächsten kräftigen Windstöße schon warfen ihn endgültig aus der Bahn, zudem fühlte er sich unterwärts von der Strömung gepackt, und das Schlimmste war, daß es ihm nicht mehr gelang, die Gleiter mittels der Seitensteuer auf gleichgerichteten Kurs zu halten. Im Goldfischteich hätten sie vermutlich ausgereicht, aber offenbar waren sie nicht wirksam genug, sich gegen Wind und Wellen durchzusetzen.
So rutschte ihm die Basis unter den Füßen weg, einen Moment sah Streubel ihn fast im Vollspagat armfuchtelnd über den Gleitern schweben und dann jäh unter seinem aufgespannten rosa Schirmdach in den Fluten versinken.

Der unvermeidlichen Katastrophe gewiß, war er schon vorher eilends in den Kahn geklettert, hatte ihn mit ein paar hastigen Ruderschlägen dem Ort des Versinkens angenähert und sprang nun, einen verzeihlichen Moment nur von dem Gedanken zurückgehalten, daß er seinen guten Ausgehanzug trug, kopfüber ins Wasser, um den verunglückten Erfinder zu retten.

Es wäre durchaus nicht nötig gewesen, doch diese Erkenntnis kam zu spät. Sie wurde ihm erst, als er mit den Händen schneller als gedacht schlammigen Boden berührte und feststellte, daß er seinen noblen Rettungsversuch über einer Sandbank angestellt hatte. Beim Aufstehen reichte ihm das Wasser knapp übers Knie.

Die Rückfahrt ging einigermaßen schweigsam vonstatten. Der Kutscher hatte sich zwar höchst erfreut gezeigt, sie lebendigen Leibes wiederzusehen, und die Wirtin war emsig mit Grogs, Handtüchern und Bügeleisen zugange gewesen, um ihren inneren und äußeren Menschen provisorisch wiederherzurichten, aber selbst so rührende Beweise von Mitmenschlichkeit hatten ihre Stimmung nicht zu heben vermocht. Allzuviel — nicht nur der Schirm, Onkel Julius' Strohhut und einer der Gleiter — war unwiederbringlich die Elbe hinunter meerwärts entschwommen.

Und das dicke Ende kam noch nach — für jeden der beiden auf eigene Weise. Für Streubel, als sie unbedachterweise statt am hinteren Gartentürchen vor der Grotjahnschen Villa aus der Droschke kletterten und er unversehens die im Drange der letzten Ereignisse verständlicherweise seinem Bewußtsein entrückte reizende junge Dame vor sich sah. Sie war eben dabei, ein paar Schritte weiter hinter Mutter Grotjahn her ins Coupé zu steigen, um noch zu Einkäufen »in die Stadt« zu fahren. Nur eine Sekunde fand er ihre blanken braunen Augen auf sich gerichtet, aber in dieser einen Sekunde drängten sich Verblüffung, Wiedererkennen und, ja, leider auch jäh aufquellende Lachlust in ihnen zusammen. Ja, sie pruschte sogar unfein in ihr rasch gehobenes Spitzentaschentuch, bevor sie endgültig im Coupé verschwand.

Nach dem »Warum« brauchte er erst gar nicht zu fragen. Ein Blick an sich herunter genügte. Die Wirtin hatte zwar in aller Eile ihr Möglichstes getan, ihn zu entwässern und die schlimmsten Spuren zu beseitigen, aber die ohnehin nicht überwältigende Eleganz seines guten Ausgehanzugs hatte das Bad in der Elbe nicht überstanden. Er sah aus, als sei er ihm zwei Nummern zu klein und als habe er überdies die letzte Woche in ihm geschlafen. Von allem anderen, der außer Fasson geratenen Kragenröhre und der aufgeweichten Krawatte etwa ganz zu schweigen. In der rechten Verfassung, sich ihr in aller Form vorzustellen, war er jedenfalls nicht. Und nur zu genau wußte er, was ihr Pruschen bedeutete: Aus war's, aus für alle Zeiten, was nie angefangen hatte!

Und das dicke Ende für Onkel Julius?

Er war schon über den ersten Jammer hinaus, war fast schon wieder überzeugt, es sei doch so gut wie ein Erfolg gewesen, nur der Wind, die Strömung, unvorhergesehene Tücke hätten ihm unverdient einen Strich durch die Rechnung gemacht — ja, so weit war er also wieder, als Oskar ihm ein paar Tage danach eine Nummer von »Reclams Universum« über den Frühstückstisch zuschob.

»Guck dir das an!« raunzte er mit einem Besonderes verheißenden Blick in die Runde. »Vielleicht kannst du von dem Mann da was lernen.«

Eine Photographie nahm die Mitte der Seite ein, einen flotten Herrn in Seglermütze und gutgebügelten weißen Hosen zeigend, der mit einem aufgespannten Schirm über sich wahr und wahrhaftig — auch Augenreiben half da nichts — in Onkel Julius' Erfindung über stilles Gewässer glitt. Darunter stand, dem französischen Erfinder Monsieur Raymond aus Paris sei die Konstruktion von Wassergleitschuhen gelungen, die aufs glücklichste die Probleme von Gleichgewicht und Steuerung löse ...

Oskar war ein Grobian, und es mag vor allem Schadenfreude gewesen sein, die ihn bewog, Julius diese endgültige Bestätigung seines Debakels unter die Nase zu reiben, aber als er dann sah, wie vernichtend es Julius traf, muß ihn schließlich doch ein verdrängter Restbestand brüderlicher

Zuneigung überkommen haben, denn er beugte sich zu ihm und sagte rauh: »Nu gräm dich man nicht! Mit Paris kommt Magdeburg nun mal nicht mit. Versuch's das nächstemal eben mit 'nem praktischen Dosenöffner. So was braucht man immer, und es käme uns für die Fabrik zupaß. Wenigstens kannste dabei nicht ins Wasser fallen, und Wasser ist meistens naß!«

Drittes Kapitel

Schlimmer als ein Haremswächter

Daß Herrn Streubels erste richtige Begegnung mit Gretchen — die im Zug war ja, genau genommen, nur einseitig gewesen — unter einem besonders guten Stern gestanden hätte, konnte man also nicht gerade behaupten. Immerhin muß sie aber, aus was für Gründen auch immer, einen bleibenden Eindruck bei ihr hinterlassen haben; denn als Großvater sie wie stets abends vom Bahnhof abholte, berichtete sie während des Heimwegs unter den alten Linden der Bahnhofstraße entlang und dann die Fabrikstraße mit der Schranke, der Pförtnerbude und dem doppeltorigen rotziegligen Waagehaus an ihrem Ende hinauf pflichtschuldig von ihrem Tagesverlauf; von den Einkäufen in Tante Grotjahns Begleitung vorneweg, aber zum Schluß entwischte ihr noch eine Bemerkung über einen jungen Mann.

Großvater spitzte sofort die Ohren. »Was für 'n junger Mann?«

Am liebsten hätte Gretchen den feuchten Jüngling noch nachträglich verschluckt, weil sie wußte, wie unvorsichtig es war, Großvaters immer wachen Argwohn durch die Erwähnung junger Männer zu schüren, und jung war für ihn in dicsem Zusammenhang ungefähr jeder unter fünfzig. Doch nun war's mal heraus und nicht mehr zu ändern.

Ach, der sei ihr völlig schnuppe, erklärte sie so beiläufig wie nur möglich. Er sei ihr nur schon im Zuge und dann wieder überraschend bei Grotjahns begegnet. Und zwischendurch sei er offenbar ins Wasser gefallen, jedenfalls habe er ganz danach ausgesehen.

»Soso«, säuselte Großvater, und nur die Qualmwolken, die er in schnellerer Folge seinem Knösel entlockte, verrieten, daß in seinem Innenleben Alarmzustand herrschte. »Zuerst im Zug und dann noch bei Grotjahns? Wie kam er denn dahin?«

»Er soll ein Freund von Männe sein. Tante Grotjahn hat's gesagt. Und außerdem ist er fest verlobt!«

Das letztere hatte sie sich glatt aus den Fingern gesogen, aber Gretchen fand in aller Unschuld, daß man es mit der Wahrheitsliebe, wie man sie ihr beigebracht hatte, nicht unbedingt ganz genau nehmen müsse, wenn man mit einer unerheblichen Abweichung einen guten Zweck erfülle. Und der gute Zweck bestand in diesem speziellen Fall darin, Großvaters unnötig aufgestörten Seelenfrieden wiederherzustellen und damit seine ewige mißtrauische Fragerei abzuschneiden. Wer verlobt war, war in Großvaters Augen — selbst unter fünfzig — fürs erste wenigstens nicht mehr gefährlich. Überdies konnte es sehr gut sein, daß der junge Mann wirklich verlobt war, und dann hatte sie nicht mal geschwindelt. Nicht den leisesten, Zukünftiges ankündigenden Stich verspürte sie bei diesem Gedanken.

Aber so ganz beruhigt war Großvater wohl doch nicht, denn als sich Gretchen eben in ihrem Zimmer zum Schlafengehen rüstete, nachdem sie nochmals befriedigt ihre Einkäufe besichtigt hatte, die morgen früh Fräulein Mürbekow zu weiterer Verarbeitung übergeben werden sollten, kam Großmutter herein, zog die Tür sorgsam hinter sich zu und ließ sich seufzend auf das dünnbeinige Sesselchen vor ihrem nachgemachten kleinen Rokoko-Schreibsekretär nieder.

»Was ist das nun bloß wieder für ’n junger Mann«, fragte sie, »den du bei Grotjahns kennengelernt hast? Vater sagt, er sei deinetwegen ins Wasser gegangen.«

Gretchen war viel zu müde und überdies viel zu sehr an Großvaters phantasievolle Übertreibungen, wo sie im Spiele war, gewöhnt, um zunächst anders als mit einem wohlerzogen unterdrückten Gähnen zu reagieren.

»So ein Unsinn!« sagte sie dann. »Der ist nicht reingegangen, sondern höchstens gefallen, wenn überhaupt, und schon ganz bestimmt nicht meinetwegen. Und kennengelernt hab’ ich ihn auch nicht! Ich weiß ja nicht mal, wie er heißt.«

»Warum hast du dann überhaupt von ihm erzählt? Du weißt doch, wie Vater ist.«

Gretchen pellte sich raschelnd aus ihrem Kleid, setzte sich in Mieder und Unterrock, Strümpfen und Knöchelschuhen auf den Bettrand und zuckte die hübschen, runden Schultern. »Bloß so«, erwiderte sie. »Aus Versehen . . .« Und plötzlich kam sie ein Kichern an, als sähe sie den zerknautschten Jüngling vor sich, wie er ihr zuletzt erschienen war, und sie fügte hinzu: »Und gefallen tut er mir schon gar nicht. Er sieht so schrecklich brav aus.«

Herr Streubel wäre über solche Beschreibung seiner selbst gewiß nicht erbaut gewesen, wäre sie ihm zu Ohren gekommen, es sei denn, er hätte die bloße Tatsache, daß sie überhaupt von ihm sprach, also immerhin seiner gedachte, bereits als Ermutigung empfunden, aber er erfuhr nichts davon. Während der vierzehn Tage, die er noch bei Grotjahns verbrachte, bevor er ein für seine bescheidenen Mittel eben noch erschwingliches möbliertes Zimmer in der Altstadt fand, ließ sich die bezaubernde junge Dame auch nicht mehr in der Villa blicken. Entweder hatte sie ihre Einkäufe erledigt, oder Großvater traute ihrer Beruhigungspille doch nicht so recht und hielt sein Goldstück unter Verschluß.

Eins jedoch erfuhr Streubel zu seiner gelinden Erleichterung von dem vorsichtig befragten Männe: Eine Hochadelsdame oder gar Prinzessin, wie ihn die Parade der Stationsvorsteher hatte vermuten lassen, also völlig unerreichbar für ihn von vornherein, war sie nicht. Denn etwas soll nicht verschwiegen werden: Trotz aller Versuche, ihr Bild aus seinem träumenden Blick zu verdrängen, umschwebte es ihn noch immer und mit ihm die kaum eingestandene Hoffnung, daß nach dem ersten Wunder, das sie so überraschend bei Grotjahns hatte auftauchen lassen, eines Tages vielleicht ein zweites, noch wunderbareres und unglaublicheres geschähe.

Dabei hatte Männe ihn gewarnt, und der flotte Männe galt unter seinen Kommilitonen nicht nur als Autorität in puncto Weiblichkeiten, erheblich mehr jedenfalls als in dem Fach, das er studierte, sondern auch als unwiderstehlich.

»Da laß lieber die Finger von«, hatte er bedenklich gesagt. »Ich meine, falls du da Absichten hast. Sie ist 'n goldiger Käfer, und Hintergrund ...«, er rieb vielsagend Daumen und Zeigefinger aneinander, »... goldiger Hintergrund ist bei ihr auch, aaaber ihr alter Herr!«

Das »Aaaber« ließ in seiner gedehnten Länge eine Fülle von Unerfreulichkeiten ahnen, und die Bekümmernis, die gleichzeitig sein lebensfrohes, sattes, noch von keinerlei Schmissen verunziertes Gesicht mit den sonst meist lustigen blauen Augen und dem englischen Bärtchen unter der kräftigen Genießernase überschattete, sprach ganze Bände.

»Der ist schlimmer als 'n Haremswächter. Ich hab's auch mal bei ihr versucht, nur so 'n bißchen, wozu hat man schon 'ne hübsche Cousine, und ich dachte, sie nähm's mir vielleicht übel, wenn nicht, aber obwohl mein alter Herr und er gute Freunde sind, hat er mir wie einem Schuhputzer die Leviten gelesen.«

Zu sehr mit diesem ihm vermutlich ungewohnten Reinfall beschäftigt, entging ihm völlig, daß Streubels Miene, statt wie zu erwarten, mitfühlendes Bedauern, nur ziemlich unverhohlene Befriedigung ausdrückte.

»Und sie?« tastete Streubel sich weiter vor. »Ich meine, was hat sie dazu gesagt?«

»Sie?« Männe zuckte die Schultern und griente verlegen. »Ich glaube, das verwöhnte kleine Biest hat's bloß komisch gefunden. Wahrscheinlich wartet sie auf den Prinzen, den ihr der alte Knabe versprochen hat.« Er ließ einen elegischen Seufzer folgen. »Ihr Romeo bin ich jedenfalls nicht. Schade, sie könnte mir schon gefallen, aber mit dem Alten . . . nee!«

Der »Alte« verfolgte denn auch Streubel als Schreckgespenst bis in seine Träume, und wenn er im kargen Bett seiner neuen Bleibe mal schweißgebadet aus nächtlichem Schlummer hochfuhr, lag es nie an einem zu reichlich und zu fett geratenen Abendessen, sondern hatte immer damit zu tun, daß ihm jedesmal, wenn er sich in den Wunschbildern seines Traums seiner heimlich Angebeteten näherte, ein vielgestaltiges, grausiges Ungeheuer, mal als feuerspeiender Drache, mal als häßlich krächzender Riesenrabe, mal als Blitze schleudernder Donnergott verkleidet, dazwischenfuhr. Es war reineweg zum Auswachsen!

Doch abschrecken tat es ihn nicht, und als er auf dem Umweg über Männe erfuhr, daß Gretchens Abreise nach Potsdam ins Pensionat in nächster Zukunft zu erwarten sei, stand es für ihn bombenfest, daß er etwas Entscheidendes unternehmen müsse. Da sie offenbar nicht mehr nach Magdeburg kam, mußte er wohl oder übel zu ihr, wenn ihm daran lag, sie kennenzulernen und den komischen Eindruck, den sie von ihm haben mußte, so gut es ging auszubügeln. Aber einfach so hinzufahren, womöglich dem Schreckgespenst über den Weg zu laufen und wie ein Schuhputzer wieder nach Hause geschickt zu werden, ohne sie überhaupt gesehen zu haben, das war auch nicht das Rechte. Ein anderer Weg mußte gesucht und gefunden werden.

Männe, dem er nach einigem verschämten Zögern seinen kühnen Entschluß kundtat, wußte als mit den Örtlichkeiten

Vertrauter Rat. »Die Süße lacht dich bloß aus«, warnte er, »aber wenn du unbedingt willst . . .«

Und dann erzählte er ihm, daß Gretchen an schönen Tagen, wenn die alten Herrschaften sich nach dem Mittagessen aufs Ohr gelegt hätten, gern im »Park« genannten Krügerschen Garten sitze und sticke oder lese oder was Mädchen sonst täten, und den Park könne man betreten, ohne vom Haus oder überhaupt vom Fabrikhof aus gesehen zu werden. Er grenze nämlich an den Bahndamm, und man brauche nur an den Geleisen entlangzugehen und über den Staketenzaun zu klettern.

»Hast dich wohl mächtig verknallt?« fragte er zum Schluß mitfühlend, und als von Streubel nicht gleich eine Antwort kam, weil er seine Gefühle durch Männes burschikose Ausdrucksweise allzu profaniert fand, winkte er ab und fuhr verständnisvoll fort: »Laß nur. Ich weiß Bescheid, bei mir kommt so was jede Woche vor. Immer in 'ne andere! Das kostet vielleicht Nerven, kann ich dir flüstern.«

Und dann zwirbelte er selbstgefällig an seinem Bärtchen herum und trällerte keineswegs nervenschwach ein Studentenliedchen: »Heut lieb' ich die Johanne und morgen die Susanne, die Lieb' ist immer neu, das ist Studententreu' . . .«

Was Herr Streubel auch von Männes betrüblich laxer Auffassung von Liebe denken mochte, jedenfalls befolgte er getreulich seinen Rat. Wochentags ging's nicht, der Bank wegen, aber als am nächsten Sonntag die Sonne vom blitzeblauen Himmel schien, machte er sich in seinem besten Staat, dem wieder aufgebügelten und aufgefrischten guten Ausgehanzug, und mit einer speziell zu diesem Zweck neu erstandenen Krawatte angetan auf den Weg.

Während der Bummelzugtour verließ ihn mehrmals der Mut, und er war nahe daran, auf jeder der vier Zwischenstationen auszusteigen und den nächsten Zug zurückzunehmen, aber jedesmal sammelte er in sich dank der Erinnerung an das liebliche Bild, das sie ihm während ihrer gemeinsamen

Fahrt in der schräg gegenüberliegenden Abteilecke geboten hatte, genügend Widerstandskraft an, um seinem einmal gefaßten Entschluß treu zu bleiben. Ein bißchen störend und peinlich war nur, daß in »ihrer« Ecke diesmal als einzige Mitreisende eine biedere, dickliche Dame saß, die seine immer wieder verträumt in ihre Richtung abgleitenden Blicke als Annäherungsversuche mißverstand und sich die Belästigung schließlich grämlich verbat.

Am Ziel angelangt, setzte er sich — es war erst knapp über zwölf, und bis zur Mittagsschlafzeit war's noch lange hin — erst einmal in den kleinen, mit Blumenkästen umstellten Vorgarten der Bahnhofswirtschaft, ließ sich großzügig ein Bier bringen und verdrückte dazu die Klappstulle, die er sich mitgenommen hatte. Und dabei überlegte er, was er ihr eigentlich sagen und womit er sein überraschendes Auftauchen rechtfertigen solle. So ganz per Zufall vorbeigekommen konnte er ja kaum sein, und einfach so aufzutauchen, vor ihr in die Knie zu sinken und ein Liebesgeständnis zu stammeln, war seiner eher ein wenig nüchternen, allzu romantischem Überschwang abgeneigten Natur nicht gegeben. Was also dann? Wenigstens den Anfang mußte er sich einprägen, um nicht etwa mit Stummheit geschlagen vor ihr zu stehen und dem ersten Debakel ein zweites und diesmal endgültiges hinzuzufügen.

So begann er sich auszudenken, was er ihr sagen könnte, ohne recht zu merken, daß er darüber ins Murmeln geriet, daß das Murmeln durch den in seinem Innern wogenden Widerstreit zwischen dem, was ihm möglich, und dem, was ihm zwar wünschenswert, aber schon nicht mehr möglich, weil zu kühn, zu vertraulich schien, lebhaftere Formen annahm und daß der in die Tür getretene Wirt ihn besorgt beobachtete. Trunkenbolde am hellichten Tage hatte er schon häufig erlebt, aber bei einem so adrett angezogenen, seinem ganzen Aussehen nach offenbar studierten jungen Herrn war es ihm noch nicht vorgekommen. Und als Streubel zur weiteren Anfeuerung seiner Gedankentätigkeit ein zweites Glas Bier bestellte, sagte er denn auch bedenklich: »Ich hab' ja nichts dagegen, junger Mann, schließlich ist es ja mein Geschäft, aber könn' Se denn überhaupt noch eins vertragen?«

Weniger dieses Bedenken als der Umstand, daß die Zeit während seines Gemurmels beträchtlich vorgeschritten war, und die Vermutung, daß ein allzu kräftiger Bierhauch seiner Wirkung auf Gretchen nicht eben förderlich sein könne, veranlaßten Streubel, sich ohne weiteren Aufenthalt an die letzte Etappe seines Weges zu machen.

Männes Anweisung folgend, wanderte er die Bahnhofstraße entlang und entdeckte auch gleich hinter der Eisenbahnunterführung den angekündigten schmalen Pfad, der auf die Höhe des Bahndamms führte. »Durchgang für Unbefugte verboten!« stand auf einem wackligen Schild daneben. Im amtsrichterlichen Vaterhause zu Schmockwitz zu strikter Innehaltung behördlicher Verlautbarungen erzogen, schwankte er sekundenlang, ob er nicht umkehren müsse, aber nach der ersten Schrecksekunde fand er, in Anbetracht der besonderen Umstände seines Falls sei er als Befugter anzusehen, und außerdem war da, wie er durch einen schnellen Rundblick feststellte, niemand, der ihn hätte beobachten können.

Oben angelangt, sah er zur Rechten jenseits der Geleise über die letzten Häuser des Orts hinweg endlos sich dehnende, von der doppelten Baumreihe einer Chaussee durchzogene flache Felder, über denen Sonnenglanz flirrte. Zur Linken unter ihm breitete sich ein Bauerngarten mit Obstspalieren und säuberlich gezirkelten Gemüsebeeten, doch dahinter wölbten sich vor den weit zurückliegenden roten Ziegelmauern und den hohen Schornsteinen einer Fabrik mächtige, grünschattige Baumkronen, und dichtes Gesträuch zog sich den steilen Hang hinauf bis zur Höhe des Damms.

Streubels Herz begann, sich stürmisch klopfend bemerklich zu machen: Das war der Park! Ein Zweifel war nicht möglich. Dort würde sie sein, falls zutraf, was Männe verheißen hatte.

Und wirklich — sie war da! Schon als er den Punkt erreichte, an dem der niedrige Querlattenzaun des Bauerngartens endete und der höhere, grüngestrichene Staketenzaun des Parks begann, leuchtete von unten ab und zu zwischen den Sträuchern etwas Helles herauf, ein immer wieder auftauchender und beim nächsten Schleicheschritt vom Grün aufgeschluckter Tupfen, der sich im Näherkommen als ein fast weiß wirkendes, blaßblaues, weites Sommerkleid erwies, und dieses Sommerkleid trug sie.

Auf dem Rasen vor dem halb in den Hang hineingebauten offenen Pavillon stand ein kleiner Gartentisch mit einem in eine Vase gestopften mächtigen Blumenstrauß, den sie zu späterem Mitnehmen vermutlich eben erst gepflückt hatte, und daneben hatte sie es sich in einem Korbstuhl bequem gemacht und las. Hohe, alte Nußbäume beschirmten den von einem Kiesweg umrundeten Rasenplatz, und zwischen den Stämmen deckte dichtes Gebüsch jeden Einblick von außen ab und verlieh dem Ort eine grüne, von goldenem Sonnengeflitter durchwirkte Intimität.

Es war ein überaus anmutiger Anblick, wie sie so ganz in ihr Buch vertieft dort saß, mit leichter Bewegung die Seiten umblätterte und hin und wieder flüchtig die Hand hob, um eine vom sanften Lufthauch aus ihrer Frisur gelöste Strähne aus der Stirn zu streichen, so daß Streubel es einigermaßen schwierig fand, vom andächtigen Betrachten zu Taten überzugehen. Aber es mußte ja sein! Er hatte nicht den weiten Weg gemacht, nur um ihr beim Lesen zuzusehen, so hübsch es auch war.

In seinem Innern regte sich die gleiche Zielstrebigkeit, die ihn schon befähigt hatte, mit weitem Vorsprung vor der Konkurrenz seinen Doktor, und noch dazu summa cum laude, zu bauen, und trieb ihn dazu, den günstigen Augenblick zu nutzen. Ganz leise wollte er den Zaun überklettern und sich lautlos den Abhang hinunterpirschen, um jedes Erschrecken zu vermeiden und so elegant wie nur möglich vor sie zu treten.

Aber leider ging's dann doch anders und erheblich weniger elegant vonstatten als geplant. Zwar kam er mit Hilfe eines Kilometersteins noch ziemlich unbeschadet über den Zaun, aber dann brach der Ast, an dem er sich hielt, und so unversehens in Schwung versetzt und durch nichts mehr gebremst dem Gesetz der Schwerkraft ausgeliefert, brauste er holpernd und stolpernd durchs Gesträuch den steilen Abhang hinab, und erst der im Weg stehende Gartentisch setzte seinem unfreiwilligen Sturmlauf ein Ende. Es gelang ihm gerade noch, ihn und damit auch sich auf den Beinen zu halten, aber der Anprall warf den Blumenstrauß samt der Vase um, und obwohl Gretchen mit einem schrillen, kleinen Schrekkensschrei in letzter Sekunde aufsprang, ergoß sich noch ein Teil des Inhalts auf ihr Kleid.

»Ach, Sie sind das!« rief sie verblüfft, als sie ihn erkannte. »Sie haben's aber wirklich mit Wasser! Entweder fallen Sie selber rein, oder Sie feuchten andere an!«

Sie bückte sich zu dem nassen Fleck auf ihrem Rock, und diese Bewegung löste Streubel endlich aus seiner betretenen Erstarrung.

Mit einem hastigen »Entschuldigen Sie!« zupfte er sein Kavalierstüchlein aus der Tasche. »Es ist mir schrecklich peinlich! Wenn Sie gestatten ...«

Und schon traf er Anstalten, sie trocken zu tupfen, aber das ging nun wirklich nicht an, einem fremden jungen Mann so einfach ihr Knie zu überlassen.

»Danke! Nicht nötig! Bei der Wärme trocknet es von allein. Aber sagen Sie ... was tun Sie eigentlich hier?«

Das war die Frage, auf die er sich murmelnd vorbereitet hatte; doch nun, wo es drauf ankam, wo er sie endlich nicht mehr nur als lockende Vision, sondern in Person vor sich hatte, war nichts mehr da, gähnte dunkle Leere in seinem

Hirnkasten, und nur an eins erinnerte er sich: Wozu Männe geraten hatte, falls er doch wider Erwarten ihrem alten Herrn begegnen sollte. Und das sagte er dann auch, obwohl es mehr als albern war, aber immerhin besser, als stumm wie ein Trottel vor ihr zu stehen: »Ich wollte bloß die Fabrik besichtigen.«

Ihre blanken braunen Augen unter den hübsch gewölbten Brauen waren mit einem Ausdruck äußerster Verdutztheit auf ihn gerichtet. »Und deswegen kommen Sie da oben über den Zaun geklettert und platzen mir in mein Lesestündchen? Nein, Sie sind wirklich der komischste Mensch, den ich überhaupt kenne . . . oder vielmehr nicht kenne!«

Und dann lachte sie mit zurückgeworfenem Kopf hell und herzhaft los und hörte erst auf, als ihr erschrocken einfiel, daß es höchst unhöflich sei, jemand so unverblümt auszulachen.

Doch weit davon entfernt, es übelzunehmen, sah er sie die ganze Zeit durch seinen verrutschten Zwicker nur andächtig an und sagte nun leise und mit einem zärtlichen Ernst in der Stimme: »Sie sind bezaubernd . . . und ich möchte Sie gern kennenlernen!«

Sieh einer an! dachte Gretchen. Ganz schön kiebig! Hätt' ich dem gar nicht zugetraut! Und natürlich lag ihr etwas Abweisendes auf der Zunge, etwas in der Art, daß man Mädchen aus gutem Hause nicht einfach so mir nichts, dir nichts überfalle, um ihnen Erklärungen abzugeben, die eine von den Eltern gebilligte und unter ihren Augen gepflegte längere Bekanntschaft voraussetzten, weshalb sie seine Worte, so schmeichelhaft sie auch seien, lieber nicht gehört haben wolle.

Das wollte sie sagen, energisch sagen, schon weil er auf den ersten Blick so gar nichts aufregend Romantisches an sich hatte wie der dunkellockige Schauspielerjüngling damals in den »Neuvermählten«, aber dann tat sie es doch nicht. Vielleicht eben wegen des zärtlichen Ernstes in seiner

Stimme, und weil etwas in seiner lang aufgeschossenen, mit dem blonden Bürstenhaar, dem Zwicker und der hohen Kragenröhre leicht komischen Erscheinung sie irgendwie anrührte, vor allem aber, weil sie in diesem Moment vom Fabrikhof her bekannte Schritte und das regelmäßige metallische Aufstoßen einer Spazierstockspitze auf dem Steinpflaster sich nähern hörte.

Also sagte sie statt dessen eilig: »Das ist nett, aber ein bißchen kennen wir uns ja doch schon, und falls es Ihnen nicht reicht, werden wir's später nachholen müssen. Ich hör' nämlich meinen Vater kommen, und es wär' besser, wenn er sie hier nicht sieht. Oder ...« Es war zwar höchste Eisenbahn für den jungen Mann zu verschwinden, aber sie konnte es sich doch nicht verkneifen: »... oder wollen Sie ihn gleich fragen, wann Sie die Fabrik besichtigen dürfen?«

Und als Streubel, rot bis über die Ohren, hastig verneinte, fuhr sie schon gedämpfter fort: »Dann müssen Sie aber schleunigst gehen! Schnell! Nein, den Hang rauf, dazu ist es zu spät! Warten Sie ... am besten hier!«

Sie wies auf eine kleine Tür in der Rückwand des Pavillons. »Machen Sie sie fest hinter sich zu und rühren Sie sich nicht, bis ich Sie wieder raushole.«

Das letzte, was er von ihr sah, war ihr ein wenig ängstlich lächelndes Gesicht, dann wurde es stockfinster um ihn, und ein beklemmend muffiger Geruch nach alten Säcken und morschem Holz stieg ihm peinigend in die Nase. Gleich darauf hörte er, noch etwas entfernt, von draußen eine knorrigmännliche Stimme. Es war wirklich höchste Zeit gewesen!

Einerseits war es ungemein beruhigend, sich unsichtbar zu wissen und es nach dem trotz allem Vorhergegangenen doch beseligenden, wenigstens ihn beseligenden Augenblick ihrer Begegnung nicht gleich mit der rauhen Wirklichkeit zu tun zu kriegen, andererseits jedoch nagte an ihm der Zweifel, ob es eines mit höchstem Lob promovierten Doktors der Staatswissenschaften ganz würdig sei, sich von dem Mädchen seines Herzens in einem dunklen Kabuff verstecken zu lassen, statt vor seinen — nun ja, warum nicht? — eventuellen künftigen Schwiegerpapa zu treten, höflich den Hut zu lüften und ...

Halt! Ein eisiger Schreck durchfuhr ihn. Sein Hut! Wo hatte er seinen Hut gelassen? Auf dem Bahndamm oben hatte er ihn noch gehabt. Er wußte es ganz genau, weil er ihn abgenommen, sich über die Stirn gewischt, über die Lästigkeit des steifen schwarzen Dings bei diesem Sommerwetter geseufzt und sich hoch und heilig geschworen hatte, endlich den aus Sparsamkeitsgründen immer wieder zurückgestellten schikken Strohhut, Kreissäge genannt, zu kaufen. Was aber dann? Hatte er ihn oben über eine Stakete gehängt, auf dem Eilmarsch abwärts verloren oder gar erst unten angesichts Gretchens abgenommen und dann auf dem Gartentisch liegen lassen?

Trotz der feuchten Kühle in dem Kabuff begann er zu schwitzen. In letzterem Fall mußte ihr Vater ihn sehen und, wie Männe ihn geschildert hatte, todsicher Krach schlagen, und Gretchen hätte darunter zu leiden. Das aber war unbedingt zu verhindern.

Zur Kavalierspflicht aufgerufen, horchte er kurz hinaus, stellte fest, daß die Stimmen draußen beruhigend weit entfernt klangen, und schob darauf Zentimeter für Zentimeter die Tür vorsichtig auf. Sein eng begrenztes Blickfeld schloß Gretchen, vor ihr mit dem Rücken zu ihm die lange Gestalt ihres Vaters in schlottrigem Grau sowie den Gartentisch ein, und auf dem lag wahrhaftig sein Hut. Und eben in diesem Moment hob ihr Vater den Spazierstock, zeigte auf das Corpus delicti und fragte mißtrauisch: »Wie kommt der Hut hierher? Wem gehört der denn?«

Seine Aufmerksamkeit war so ausschließlich seinem absonderlichen Fund zugewandt, daß er nicht merkte, was unmittelbar neben ihm vor sich ging. Gretchen hatte die leise Bewegung der Tür im Pavillonhintergrund gesehen, und ob sie nun ahnte, welch noble Motive den jungen Mann in seinem Versteck bewegten oder auch nicht, jedenfalls hielt sie sein Erscheinen zur Zeit für absolut überflüssig und telegrafierte es ihm mittels heftigen Kopfschüttelns zu. Zugleich beeilte sie sich, ihrem Vater Antwort zu geben: »Weiß ich nicht. Ich hab' ihn vorhin da drüben gefunden.« Sie wies zum Fuß des Abhangs hinüber. »Vielleicht hat einer den Kopf aus dem Fenster gesteckt, als der Zug oben vorbeifuhr, und der Fahrtwind hat ihn ihm vom Kopf gerissen.«

Es klang harmlos genug und durchaus möglich. Ihr Vater beäugte das Ding mit dem gedämpften Abscheu, den er solch modischem Firlefanz wie steifen Hüten und Knöpfelgamaschen entgegenbrachte, selbst wenn derlei von Gardeleutnants in Zivil getragen wurde. Auch Gardeleutnants waren nicht mehr dieselben, die sie zu Bismarcks Zeiten gewesen waren.

»Na ja«, sagte er, mit seinem Hang zur Sparsamkeit kämpfend, »reichlich abgetragen ist er ohnehin. Anbieten kann man den niemand mehr. Wer trägt bei uns auf dem Dorf auch schon so was? Ich werf' ihn am besten in die Kammer. Der Gärtner räumt da sowieso nächster Tage auf, da kann er ihn gleich mit in den Müll befördern.« Und schon spießte er das steif gewölbte gute Stück auf seinen Spazierstock, trug es weit von sich abgestreckt wie eine tote Ratte zum Pavillon, und gleich darauf flog es durch die aufgerissene Tür dicht an Streubels Nase vorbei, der sich gerade noch rechtzeitig ins Dunkel hatte zurückziehen können. Dann knallte die Tür wieder zu, ein Schlüssel wurde quietschend im Schloß gedreht, und von draußen hörte er noch nah und deshalb vernehmlich die knorrige Stimme: »Abschließen ist besser. Ein paarmal müssen schon Landstreicher drin geschlafen haben, hat der Gärtner gesagt. Und nun komm! Oder hast du's vergessen? Wir sind zum Kaffee zu Behrends eingeladen, und Mutter wird schon warten!«

*

Wer im Dunkeln hinter Schloß und Riegel sitzt oder auch nicht sitzt, denn Streubel hatte noch keine Zeit gefunden, nach einer Sitzgelegenheit herumzutasten, macht sich, weil anderer Zeitvertreib kaum zu Gebote steht, so seine Gedanken. Meistens fangen sie mit »Wär' ich bloß . . .« oder »Hätt' ich nur . . .« an und drehen sich um die Frage, wie man rechtzeitig einer so unerfreulichen Situation hätte entschlüpfen können. Sie führen natürlich zu nichts, und der einzige und noch dazu dürftige Trost liegt darin, daß man sich sagen kann, selbst trage man keine Schuld, Schuld trage der andere, in diesem speziellen Fall Gretchen, denn sie hatte unmißverständlich den Kopf geschüttelt, als er drauf und dran gewesen war, mannhaft vor ihren Vater hinzutreten und sich zu seinem Hut und, wenn erforderlich und von ihr erwünscht, auch gleich zu ihr zu bekennen.

Im übrigen aber lag er im Zwiespalt mit sich, ob ihre angesichts der Gefahr an den Tag gelegte Geistesgegenwart mehr zu bewundern oder zu tadeln sei, da ihre staunenswerte Fähigkeit, wie aus der Pistole geschossen unschuldig klingende Unwahrheiten von sich zu geben, mit seinen moralischen Prinzipien nicht in Einklang zu bringen war. Falls es je dazu kam, daß er mit ihr zum Altar schreiten würde, war es unbedingt nötig, zuvor eine ernsthafte Aussprache darüber zu führen.

War es die dicke Luft in der Kabuse oder diese der Wirklichkeit weit vorauseilende, bisher durch keinerlei greifbare Realitäten gedeckte Zukunftsmusik, jedenfalls befiel ihn ein jäher Schwindel, und er mußte sich setzen. Er spürte Grobgewirkt-Weiches unter sich, bei näherem Betasten eine dicke Lage alter Säcke, auf der offenbar die besagten Landstreicher genächtigt hatten. Übrigens war es vermutlich nur ein regelmäßig wiederkehrender Schlafgast mit einem gewissen Sinn für Komfort gewesen, denn bei weiterem Tasten entdeckte Streubel einen Blechteller mit einer dicken, noch nicht allzu sehr heruntergebrannten Kerze und einer Schachtel Zündhölzer daneben. Als er die Kerze angezündet hatte und ihr zittriger Schein seine begrenzte Umwelt mit den an den Wänden lehnenden Gartengeräten, einem Stapel Holzscheite und ein paar herumliegenden leeren Schnapsflaschen — alle dieselbe Marke, auch das ein Hinweis auf nur einen Besucher — dürftig erhellte, streckte er sich, mit seinem Los nicht mehr ganz unzufrieden, bequem auf dem muffig riechenden Lager aus, denn in absehbarer Zeit mußte ja Gretchen wieder erscheinen, und bis dahin konnte er träumen.

Nicht gerade von der schwindelnden Zukunftsvision — das lag nun wirklich allzu weit und ungewiß im Felde —, aber immerhin von ihrer Begegnung vorhin. Hatte sie ihm nicht reizend zugelächelt? Hatte sie ihm nicht gesagt, wenn ihm das kurze Kennenlernen nicht reiche, würden sie es später nachholen müssen? Und lag darin nicht ein Versprechen, ein Wechsel auf die Zukunft, den er schon eintreiben würde?

Darüber schlief er befriedigt ein und wachte erst wieder auf, als ihm das Drehen des Schlüssels im Schloß in die Ohren knirschte. Zum Glück flackerte der schäbige Kerzenrest noch, denn von draußen fiel durch die sich öffnende Tür kein Licht mehr herein, was auf eine nächtliche Stunde schließen ließ, und so konnte er wenigstens Gretchen erstaunt um die Ecke spähen sehen.

Der spärliche Schein zauberte rötliche Reflexe aus ihrem locker hochgesteckten kastanienbraunen Haar, und ihre Augen schienen im blaß wirkenden Gesicht noch größer als sonst.

»Das sieht ja ganz gemütlich aus«, sagte sie, während er sich schleunigst hochrappelte. »Und ich dachte schon, Sie könnten's gar nicht erwarten, hier rauszukommen. Ich konnte nämlich nicht früher, weil ich den Schlüssel aus Vaters Jacke stiebitzen mußte, und das ging erst, als er sie ausgezogen hatte. Und natürlich konnte ich auch nicht gleich runterlaufen. Aber jetzt schläft er hoffentlich, und Mutter hab' ich gesagt, ich hätte hier nachmittags was liegen lassen und wollt's nur schnell holen.«

Sie lächelte ihm nett zu, ein zusätzliches Entschuldigungslächeln. »So«, fuhr sie fort, »und nun müssen Sie aber schnell los! In zwanzig Minuten fährt nämlich der letzte Zug nach Magdeburg durch, und ich kann mir nicht vorstellen, daß Sie hier übernachten oder den ganzen Weg zu Fuß gehen möchten.«

»Aber«, protestierte Streubel, als sie ihn am Ärmel energisch aus der Kabuse zog, »wann kann ich Sie wiedersehen?«

»Pst! Nicht so laut!« dämpfte sie. »Wenn Mutter noch im Wohnzimmer ist, könnte sie's hören. Und wiedersehen? Fürs erste nicht. Übermorgen muß ich nach Potsdam in die Pension. Und nun laufen Sie endlich! Am besten da drüben über den Zaun, am Pförtnerhäuschen vorbei und die Straße runter. Ich muß zurück.«

»Dann schreibe ich Ihnen!«

»Bloß nicht in die Pension. Da liest es die Vorsteherin mit, und dann kriegt's Vater mit der nächsten Post brühwarm berichtet.«

Sie war schon ein paar Schritte fort, lautlos über den Rasen, eine leichtfüßige, schmale helle Gestalt im sternlichten Dunkel, als sie sich offenbar besann und noch mal umdrehte.

»Wenn Sie unbedingt müssen«, hörte er sie, »schreiben Sie einfach an die Geheime Kanzleirätin Kamecke, Potsdam, Breitestraße 14. Da kriege ich den Brief bestimmt. Und sagen Sie nicht, ich wäre schuld, wenn Sie Ihren Zug verpassen.« Weg war sie, nun endgültig weg, nur noch leichte, flinke Schritte auf dem Kiesweg hinter den Büschen, dann das leise Quietschen der Gartentür. Nun war auch für ihn schnellster Aufbruch geboten, doch bevor er den ihm von Gretchen gewiesenen Weg einschlug, kehrte er noch einmal eilends in die Kabuse zurück, pustete als ordentlicher Mensch den Kerzenstummel aus, stolperte beim Raustasten über etwas, das sich als sein Hut entpuppte, stülpte ihn auf, zog wiederum als ordentlicher Mensch die Tür hinter sich zu und setzte sich mit sportlich angewinkelten Armen in Trab, den Hut obenauf und auch sonst im Dunkeln wie ein ordentlicher Mensch und Bürger anzusehen. Nach Magdeburg zurück zu Fuß, das wäre nun doch kein passender Abschluß für diesen höchst aufregenden und alles in allem nicht ganz jeder Ermutigung ermangelnden Nachmittag gewesen.

Der Zug fuhr eben über Weichen klirrend und klappernd ein, als er das letzte Stück Bahnhofstraße entlangkeuchte. Hinterm Kartenschalter saß niemand, weil der Schaltermann zufolge der späten Stunde wohl gleichzeitig als Stationsvorsteher amtierte oder auch umgekehrt, jedenfalls stand er auf dem Bahnsteig und hob die Kelle, und Streubel wetzte schlechten Gewissens kartenlos durch die Sperre und mit einer um Verständnis bittenden Geste an ihm vorbei, sprang aufs Trittbrett des erstbesten anrollenden Waggons, riß die Tür auf und sank erledigt ins Polster — es war geschafft! Jetzt hatte er endlich Zeit, in Muße alles zu überdenken, sich die schönsten Momente vors innere Auge und Ohr zu zaubern, ihrer Stimme nachzuhören, sich an ihrem Lächeln zu wärmen . . .

Es wurde nichts draus! Als er sich verpustet hatte und gerade so richtig damit anfangen wollte, schob sich der Zugschaffner ins Abteil und musterte Streubel mißtrauischen Blicks: »Die Fahrkarte, bitte!«

Streubels Hand fuhr automatisch zur Tasche, dann fiel's ihm ein: »Ich habe keine. Ich . . .«

»Hab' ich mir doch gedacht!« frohlockte grimmig der Schaffner. »Leute wie Sie haben immer keine. Mich wundert bloß, daß sie's immer wieder versuchen, und noch dazu in der zweiten Klasse. Wenn sie wenigstens in der vierten blieben, da fällt's weniger auf, aber nee, standesgemäß muß es eben sein! Also nächste Station steigen Sie gefälligst aus! Für Tippelbrüder ist hier kein Platz!«

»Wieso Tippelbruder? Ich will doch bezahlen!« protestierte Streubel entrüstet. »Es war bloß kein Beamter hinter dem Schalter, und ich mußte unbedingt den Zug erreichen!«

»Bezahlen wollen Sie?« Der Mann riß erstaunt die Augen auf. »Was Sie nicht sagen! Haben Sie denn überhaupt Geld?«

Und als Streubel nach fahrig tastendem Suchen sein Portemonnaie produzierte: »Ja, warum sagen Sie das nicht gleich? Entschuldigen der Herr, ich tue nur meine Pflicht, und wenn man so aussieht wie Sie ...«

Erst als der Schaffner noch immer kopfschüttelnd im Nebenabteil verschwand, kam Streubel dazu, sich eingehend zu besichtigen, und was er, in der Eile bisher übersehen, fand, war durchaus dazu angetan, die Vermutung des Mannes überzeugend zu stützen. Die auf den schmutzigen Säcken verbrachten Stunden hatten vielerlei Spuren in Gestalt von Strohspreißeln, Flecken und Falten hinterlassen, die Krawatte war beim Rennen verrutscht, und seinen von Gretchens Vater schnöde mißhandelten Hut schmückten außer dem ausgerechnet in der Vorderfront prangenden Loch zarte Spinnwebgirlanden, die selbst den Dauerspurt zum Bahnhof zähklebrig überstanden hatten.

Aber sogar diese Entdeckung und die Aussicht, seine nun zweifach schwer geprüfte Festtagsgarderobe in nächster Zeit total erneuern zu müssen, hielten Streubel nicht davon ab, während des Restes der Fahrt beglückt vor sich hin zu träumen und hin und wieder des besseren Einprägens wegen eine gewisse Potsdamer Adresse ins sonst leere Abteil zu murmeln: »Kamecke, Breitestraße 14 ...«

Viertes Kapitel

Hofknicks und Vanillekipferl

Tante Kamecke war in unserem Familienalbum nur mit ihrem Brautbild vertreten, und für vierundsiebzig sah sie auf der bräunlich-vergilbten Photographie noch wirklich ganz proper und bräutlich aus. Ob sie nun eine echte Tante oder nur eine weitläufig angeheiratete Nenntante war, war selbst für Mutter, die ihren Stammbaum bis in die gröberen Verzweigungen einigermaßen im Kopf hatte, nicht mehr so recht auszumachen, und Vater war es ohnehin völlig schnuppe.

Mutter meinte, damals, zu Kameckes Zeiten, könne sie eigentlich nur eine Fasttante gewesen sein, denn ihr, das heißt Mutters, Großonkel Wulle Engelhardt, den die alte Dame ein halbes Jahrhundert zuvor hatte heiraten sollen und wollen, sei ja ein paar Tage vor der festgesetzten Hochzeit verschwunden, weshalb sie wegen Fehlens des Bräutigams nicht habe stattfinden können. Statt seiner seien nur ein paar Konstabler erschienen, um ihn in Verhaft zu nehmen und in die Berliner Stadtvogtei zu schaffen. Aber ob Nenntante oder Fasttante oder was auch immer, jedenfalls war sie für Mutter oder Gretchen, wie wir sie fürs erste weiter nennen wollen, denn irgendwelche Mutterschaften waren noch nicht in Sicht, in dem guten dreiviertel Jahr, das sie in ihrem Potsdamer Pensionat verbrachte, ein rechter Trost.

Nicht etwa nur, weil Streubels mit der Zeit immer hitzigere Briefe über sie zum Glück unkontrolliert von den Pensionsdamen in ihre Hände gelangten, sondern weil Großvater, das heißt Gretchens Vater, in seiner Fürsorglichkeit für das liebe Kind wieder mal des Guten zuviel getan hatte. Gretchen sollte allen künftigen Möglichkeiten gewachsen sein, und falls mal ein Prinz oder Ähnliches um ihre Hand anhielte, was er bei aller sonstigen bismarckisch-preußischen Abneigung gegen Phantastereien angesichts der Pracht seines Goldstücks vermutlich für gar nicht so abwegig hielt, sollte sie sich ihrer Erziehung wegen nicht genieren müssen.

Infolgedessen hatte er sie zur letzten Politur im Pensionat der Fräulein Amalie und Aurora von Just angemeldet, zweier ältlicher, stets schwarz gekleideter und darum »die Dohlen« genannter Damen, in der es von jugendlichen Komtessen, Baronessen und gewöhnlichen »vons« nur so wimmelte und Gretchen sich mit ihrem schmucklosen Krüger ziemlich vereinsamt vorkam. Zudem legten die Dohlen in jeder Lebenslage größten Wert auf gemessene Haltung, was Gretchens spontaner Natur widersprach, und ihr mahnender Ruf »Contenance, Mesdemoiselles, je vous en prie!« ertönte selbst in den der feinen Küche gewidmeten Kochstunden, während ihre Schutzbefohlenen emsig in Töpfen rührten oder, um später auch ihr Personal sachkundig beaufsichtigen zu können, eigenhändig Teller und Schüsseln abwuschen. Anfangs erwischte sich Gretchen sogar dabei, daß sie sich pflichtschuldig im Bett um »contenance« bemühte, wenn die Vorsteherin zum abendlichen Gutenachtsagen ihren Schlafsaal betrat.

Eine angenehme Unterbrechung des täglichen Einerleis von Unterrichtsstunden und unter Aufsicht gemeinsam absolvierten Spaziergängen waren die einmal im Monat stattfindenden Gesellschaftssoireen, zu denen, von einem säuerlich blickenden älteren Hauptmann geführt, ein Dutzend sorgsam ausgewählter Jünglinge des Kadettenkorps erschien. Ihre gern wahrgenommene Aufgabe war es, den Elevinnen der Damen von Just Gelegenheit zu geben, die ihnen von einem Tanzmeister eingetrichterten Walzer-, Polka-, Lancier- und Quadrilleschritte, die sie bisher nur miteinander hatten üben können, sozusagen am Mann auszuprobieren und überhaupt ihre gesellschaftlichen Talente zu pflegen. Und auch das ging natürlich nicht ab, ohne daß sie von den Pensionatstanten auf »contenance« eingeschworen und dringlich ermahnt wurden, beim Zusammensein mit den jungen Herren durch stetes Beachten einer angemessenen Reserve und heiteren Gelassenheit jeder Zudringlichkeit und gefährlichen Intimität vorzubeugen.

»Wenn Sie sich in dieser Haltung Ihrer selbst sicher fühlen«, erklärte Amalie vor dem ersten dieser Abende und ließ ihren lorgnettenbewehrten Blick streng über die Reihe der erwartungsvoll ihr zugewandten hübschen und weniger hübschen Gesichter schweifen, um jedes Kichern schon im Aufkeimen zu ersticken, »ist selbst ein leichter Flirt nicht zu tadeln, solange er den Charakter unschuldigen Vergnügens bewahrt. Aber hüten Sie sich davor, diese Grenze zu überschreiten. Ernsteste Konflikte können die Folge sein, und nur allzu schnell ist der Ruf eines jungen Mädchens ruiniert. Daß Sie sich im Eifer des Geplauders nicht zu unmäßigem Gelächter, zu lautem Sprechen oder heftigem Gestikulieren hinreißen lassen dürfen, versteht sich. Darüber brauche ich Ihnen nichts zu sagen, und wir können zu Kleidungsfragen übergehen.«

Aurora, die jüngere und Amalie bis auf die fehlende Lorgnette und einen dafür vorhandenen niedlichen kleinen Damenbart lächerlich ähnliche Schwester, übernahm es, letzte Anweisungen und Ratschläge in Toiletten- und Benehmitätsangelegenheiten zu geben. Besonderen Wert legte sie auf die Handhabung des Fächers als unabdingbaren Attributs eleganter Weiblichkeit. Er sei leicht und graziös und natürlich nur aus dem Handgelenk zu bewegen, mehr spielerisch als etwa den unfeinen Eindruck erweckend, daß man erhitzt sei und der Kühlung bedürfe. Beim Tanzen sei er gleich dem Taschentuch in der Hand zu behalten, bei Rundtänzen abwärts gesenkt in der Linken, bei Figurentänzen notgedrungen nur mit zwei Fingern, um die restlichen dem Tänzer reichen zu können.

Es war wirklich erstaunlich, was sie darüber alles zu sagen und zugleich auch mit flinken, aus weißem Tüllgeriesel zum

Vorschein kommenden molligen Händchen zierlich zu demonstrieren wußte.

Aber selbst diese Tanzereien verblaßten vor einem Ereignis, das kurz vor Weihnachten das ganze Pensionat für vierzehn Tage aus dem Häuschen brachte. Nach dem Besuch eines Herrn vom Hofmarschallamt wurde es von Amalie von Just vor dem Abendessen nach mehrmaligem Räuspern mit vor Erregung bebender Stimme verkündet: Ihre Majestät Kaiserin Auguste Viktoria werde ihrem Institut am kommenden 20. Dezember die allerhöchste Ehre eines Besuchs mit kleiner Suite erweisen, um sich vom hohen Stande der Erziehung ihrer Elevinnen zu überzeugen. Sie sei fest davon überzeugt, daß sich jede einzelne der jungen Damen dieser außerordentlichen Ehre bewußt sei und sich ihrer würdig erweisen werde.

Das Sich-würdig-Erweisen hob zunächst damit an, daß sämtliche Räumlichkeiten des Pensionats unter Mitwirkung aller Zöglinge und zeitweiser Hintansetzung sonstiger Pflichten in einen Zustand versetzt wurden, der es erlaubt hätte, direkt von den Fußbodendielen zu speisen. Sodann wurde fleißig Hofknicks geübt, wobei Aurora mit großem Anstand als allerhöchste Person fungierte, und zu guter Letzt widmeten sich die Dohlen der wichtigen Frage, was dem hohen Gast sonst noch an Annehmlichkeiten zu bieten sei. Proben der Kochkunst der jungen Elevinnen konnten natürlich, falls erwünscht, in jeder Menge angeboten werden, aber da Ihre Majestät geruht hatte, den Nachmittag als Zeitpunkt der Visite zu wählen, schien es angebracht, eine gemütvolle Kaffeetafel mit sanftem Kerzenschein und weihnachtlichem Gebäck vorzubereiten. Und da nun trat zum erstenmal das sich ansonsten allenfalls durch seine frische Lieblichkeit empfehlende Gretchen ins Blickfeld der Justschen Damen.

Gretchen war alles andere als eine Kochkünstlerin. Sie fand Kochen einfach nicht amüsant genug, um Zeit damit zu vertrödeln, und aß lieber, was andere in mühsamer Kleinarbeit zustande gebracht hatten. Aber in einem war sie groß, und das hatte sie unter Beweis gestellt, als sie den Pensionsdamen am ersten Advent ein Körbchen nach speziellem Familienrezept eigenhändig gebackener Vanillekipferl überreichte, die diese ganz außerordentlich delikat, schmackhaft und selbst einer Majestät für würdig befunden hatten. Diese Kipferl also sollte Gretchen für den bewußten Nachmittag als Pensionsbeitrag zu der sonst vom Hofkonditormeister bestellten Tafel backen.

Wem Amalie und Aurora von Just aus ihrem normalen Dasein als ihrer erzieherischen Aufgabe bis ins steife Rückgrat bewußte, potsdamisch geprägte, schon ein wenig vertrocknete — dies vor allem die Ältere —, aber von Eitelkeitsanwandlungen noch nicht ganz freie — dies mehr die Jüngere — Damen vertraut waren, hätte sie am Vormittag des großen Tages kaum wiedererkannt.

Sie flatterten wie ihre schwarzen Namenskusinen aus der Vogelwelt aufgeregt umher, erteilten Anweisungen, die sie im nächsten Moment widerriefen, um im übernächsten den Widerruf wiederum zu widerrufen, stolperten über ihre eigenen Füße und kamen erst erschöpft zur Ruhe, als die letzte Einzelheit befriedigend geregelt und die Phalanx der in ihrem besten Staat aufmarschierten Elevinnen gründlich auf Nachlässigkeiten wie fehlende Knöpfe, lose Säume oder ungebügelte Rüschen gemustert war. Es war alles in schönster Ordnung; selbst der beim Mustern seiner Langen Kerls bekanntlich äußerst pingelige selige Soldatenkönig hätte an ihnen nichts auszusetzen gehabt.

Die Überraschung, die den hohen Besuch nach eindrucksvollem Beginn dann doch noch fast mit einer Katastrophe hätte enden lassen, kam infolgedessen auch von einer ganz anderen Seite. Während des ehrfurchtsvollen Empfangs der von zwei Hofdamen und zwei Kammerherrn begleiteten Majestät, bei dem die Damen von Just in einen so tiefen Hofknicks versanken, daß man die ältere beim Wiederaufrichten diskret hatte unterstützen müssen, und während des Rundgangs und des folgenden Aufenthalts im Musiksalon, der einigen Elevinnen Gelegenheit bot, teils vierhändig, teils einstimmig ihre musikalischen Talente zu zeigen, war Gretchen bei der im Hintergrund verharrenden Korona geblieben. Dann hatte Aurora sie jedoch unauffällig beiseite gewinkt.

Die nächste und letzte Station des Programms vor der Kaffeetafel war nämlich die Küche, und da mit Gretchen dort ohnehin kein Staat zu machen war, hatte man ihr die Aufgabe zugewiesen, kurz vor dem Nahen der Kaiserin die Kerzen anzuzünden, und Aurora begleitete sie, um sich von der Vortrefflichkeit des Arrangements letztmals zu überzeugen.

Doch als sie die Tür zum Schauplatz der Kaffeetafel, dem Speisesaal, öffneten, erwartete sie ein Anblick, der zumindest Aurora wie einst Lots Weib zur Salzsäule erstarren ließ.

Entsetzlich war in Anbetracht der besonderen Umstände für das, was sie sahen, noch ein recht dürftiger Ausdruck! Minchen und Tinchen, die beiden französischen Möpse der Damen, die für diesen Nachmittag in den Privatgemächern nebenan eingesperrt worden waren, hatten sich eine versehentlich offengelassene Tür zunutze gemacht, um ihrer Haft zu entweichen und sich, verlockt von den Süßigkeiten, für die sie schwärmten, angelegentlich mit der festlichen Tafel zu befassen. Minchen — oder war's Tinchen? — war es irgendwie sogar gelungen, den Tisch zu erklimmen, auf dem sie zwischen Schüsseln und Tellern wenig zartfühlend herumspazierte, die Torten des Hofkonditors beschnüffelte und die Glasuren probierte, während Tinchen — oder war's Minchen? — den vanilleduftenden Puderzucker der Kipferl ableckte, die ihre Kollegin bei ihrem offenbar mühevollen Anstieg mitsamt der zum Glück nicht zerbrochenen Schale auf den Teppich befördert hatte. Tassen waren umgestülpt, Kerzen aus ihren Leuchtern gefallen — es sah aus, als hätten hier Vandalen gehaust, und dabei war in wenigen Minuten Majestät zu erwarten.

»O Gott, wenn das die Kaiserin sieht!« ächzte Aurora ersterbend.

Doch gerade solche Situationen spornten Gretchens flinken Verstand und zupackende Geistesgegenwart zu wahren Höchstleistungen an. »Nur keine Bange!« tröstete sie. »Muß sie ja nicht. Und was sie nicht weiß, macht sie nicht heiß. Wenn Sie nur schnell mal die Hunde rausschaffen würden . . .«

Damit brachte sie Aurora samt Tinchen und Minchen auf Trab, sammelte ihre Kipferl vom Boden auf, sortierte im Nu die allzu lädierten und neu zu überzuckernden aus, füllte die Schale mit dem immer noch stattlichen Rest, zog das Tischtuch zurecht, ordnete die Gedecke und fuhr zu letzter Verschönerung mit der Zeigefingerspitze zart glättend über die Tortenglasuren.

»So«, sagte sie zum Schluß, »ich glaube, so können wir uns sehen lassen. Kein Mensch wird merken, daß schon vorher Besuch da war.«

Und so war's denn auch, und wie nicht anders zu erwarten, wurde auch die Kaffeetafel im festlichen Kerzenglanz ein voller Erfolg. Ganz besonders für Gretchen, denn Majestät geruhte sogar, allerhöchstes Wohlgefallen an den Kipferln zu bekunden und sich die tüchtige Backkünstlerin vorstellen zu lassen, um das Rezept für die Hofküche zu erfragen. Eine der Hofdamen hatte es zu notieren. Auch Gretchens Solo-Hofknicks bei dieser Gelegenheit machte dem Institut alle Ehre.

Nur Aurora, die sonst die Vorliebe Tinchens und Minchens für Süßigkeiten teilte, schien diesmal von einer beängstigenden Magenverstimmung befallen. Sie wirkte überhaupt ein wenig geistesabwesend, und einmal drohte ausgerechnet sie die »contenance« zu verlieren: als Amalie nämlich, durch das Lob der hohen Frau beflügelt, ein kleines Paket mit den von Gretchen zurückgelegten Kipferln als bescheidenen Beitrag für die nächste kaiserliche Kaffeetafel im Schloß überreichte.

Klar, daß Gretchen von diesem Aufstieg in allerhöchste Huld gebührend nach Hause berichtete, was zur Folge hatte, daß von Stund an im Familienkreise von den Vanillekipferln nur noch als Auguste-Viktoria-Kipferln gesprochen wurde.

Trotz alledem und obwohl nicht zu übersehen war, daß sich die Tänzer, ohne sich um ihren schmucklosen Namen zu scheren, mehr bei ihr als bei den anderen jungen Damen drängten und von den »Dohlen« zu weniger einseitiger Ausübung ihrer gesellschaftlichen Pflichten angehalten werden mußten, war Tante Kameckes hübsche Wohnung in der Breitenstraße eben doch der einzige Ort, wo sie sich von der ewigen »contenance« erholen und reden konnte, wie ihr der Schnabel gewachsen war. Es war einfach gemütlich in ihrem Salon mit den vielen Familienbildern an den biedermeierlich tapezierten Wänden und auf dem verschnörkelten Vertiko aus rötlich geflammtem Kirschholz, mit dem Sesselchen und dem zum Vertiko passenden Nähtisch vor einem der beiden von duftig-weißem Tüll umrahmten Fenster, auf dem immer eine im Gange befindliche Stickarbeit lag, mit dem ovalen Tisch vor dem mit hellem, schon ein bißchen abgesessenem Preßsamt bezogenen Kanapee und dem hellbraunen Klavier mit seinen Messingleuchtern an der gegenüberliegenden Wand.

Richtig heimelig war es, zum Wohlfühlen, und außerdem war Gretchen schon immer neugierig auf die Tante gewesen und hatte mächtig die Ohren gespitzt, wenn hin und wieder Andeutungen über die mehr als fünfzig Jahre zurückliegende, romantisch-traurige Liebesgeschichte der alten Dame gefallen waren. Es war immer nur bei Andeutungen geblieben, jedenfalls solange sie in Hörweite war, aber nun hatte sie die Heldin der Geschichte von dem verschwundenen Bräutigam leibhaftig vor sich und konnte versuchen, sie in aller Ruhe peu à peu aus ihr herauszupuhlen.

Aber zu ihrer Überraschung zierte sich Tante Kamecke keineswegs. »Warum denn nicht?« sagte sie, die merkwürdig hellblauen und so gar nicht altersmüden Augen ein bißchen spöttisch auf ihre Fast-Nichte gerichtet. »Wie alt bist du denn? Achtzehn? Achtzehn war ich gerade bei meiner Verlobung. Und Liebesbriefe bekommst du doch auch, von denen dein Vater nichts wissen darf! Sind doch welche, wie?« Es klang amüsiert, und Gretchen überlief eine Spur Rot. »Ich schreib' ihm aber keine!« wehrte sie sich. »Ich kenn' ihn ja kaum!«

Tante Kamecke nickte bedächtig, daß die weißen Löckchen über ihren Ohren nur leicht ins Wippen gerieten. »Ich hätt' ihm gerne geschrieben, aber mach mal was, wenn du nicht weißt, wohin ... Na, jedenfalls bist du alt genug, um die Geschichte zu hören, und wie's manchmal so geht. Aber erst brüh' ich uns 'nen Kaffee. Kamecke hat immer gesagt, ohne 'ne anständige Tasse Kaffee hast du bloß ein Bein auf der Erde, und wenn er auch nicht in allem mein Fall war, ein gescheiter Mann, der wußte, was einem gut tat, war er doch.«

Und dann brühte sie ihren Kaffee, den man bis in den Salon herein roch, und Gretchen deckte derweil erwartungsvoll den Tisch, und danach saßen sie beide auf dem Kanapee, und Gretchen hörte mit großen Augen zu, was Tante Kamecke zu berichten hatte ...

Sie hieß Luise Magdalena, war die jüngste Tochter des Krampnitzer Pfarrers und hatte mit sechzehn den achtzehnjährigen Landwirtschaftseleven Woldemar Engelhardt, den kein Mensch anders als Wulle nannte, im nahen Fahrland kennengelernt, wo Wulle zu Hause war und ihr Vater, wenn sein Amtsbruder unpäßlich war, gelegentlich aushilfsweise predigte. Zwei Jahre lang hatten sie sich bei jeder Gelegenheit, wo es nur ging, und das war nicht oft, gesehen, und als Wulle auf den Gütern des Herrn von Wefensleben zum Gutsschreiber aufgerückt war, was ihm in nicht allzu ferner Zukunft fürderen Aufstieg zum Inspektor eröffnete, hatte der mit drei weiteren, noch nicht vergebenen Töchtern gesegnete Krampnitzer Pfarrherr nur zu gern in die Verlobung gewilligt.

»Er hatte ja 'ne gute Stellung in Aussicht«, erklärte Tante Kamecke, »und ich wollte ihn nun mal haben. Er war ein hübscher, großer Mensch mit so was Ehrlichem im Auge, und daß er auch richtig lustig sein konnte, gefiel mir besonders.«

Gretchens Blick wanderte suchend über die Photographien längs der Wand, während sie fragte: »Haben Sie denn kein Bild von ihm, Tante?«

»Woher sollt' ich denn? Photographieren so wie heute gab's damals noch nicht, war man kaum erst erfunden, wenn überhaupt, und 'ne Locke von ihm war alles, was er mir daließ.«

Ihre noch kein bißchen zittrige, nur in der Haut leicht knittrige Hand tastete unwillkürlich zu dem goldenen Medaillon, das über den Rüschen vor ihrer Brust hing, und Gretchen wußte, da also war sie, eine kleine Ewigkeit lang täglich getragen, eingesperrt in ein kleines goldenes Herz und nach so langer Zeit noch immer lebendig.

Tante Kamecke hatte sich schon wieder ans Erzählen gemacht, so als spräche sie nur so vor sich hin und nur für sich selbst.

Anfang Juli 48 sollte endlich Hochzeit sein, zwanzig wäre sie dann gewesen, aber Ende März kam eine mit Gepäck hochbeladene Kutsche durchs Dorf mit zwei vornehmen Damen und zwei kleinen Mädchen drin, die aufs Gut nach Kartzow wollten, und während die Damen und die Kinder sich im Dorfkrug ein Weilchen auffrischten, erzählte der Kutscher dem Wirt, in Berlin sei der Deibel los, kein Mensch sei seines Lebens mehr sicher, weil in den Straßen geschossen werde, und seine Herrschaft, das heiße, vorläufig nur die Damen, sei auch deshalb geflüchtet. Und drei oder vier Tage später kamen aus Potsdam ein paar ziemlich wild aussehende Gestalten ins Dorf, Deputierte, wie sie sich nannten, die erklärten, der König habe nichts mehr zu sagen, und die schwarzrotgoldene Fahne sei auf dem Kirchturm aufzuziehen, um dadurch anzuzeigen, daß man bei der Revolution mitmachen wolle. Wenn nicht, kämen sie garantiert mit Verstärkung wieder.

Die Bauern hatten mit Revolution nichts im Sinn gehabt und die Deputierten handgreiflich auf den Rückweg nach Potsdam geschickt, und dann waren sie zum Pfarrer gegangen, und dann war der Pfarrer mit Bauer Bölkow, dem Ortsvorsteher, zu Herrn von Wefensleben nach Fahrland gefahren, weil der der größte Grundbesitzer der Gegend war und deshalb am ehesten wissen würde, was weiter zu tun sei.

In Fahrland fanden sie schon ein paar aus gleichen Gründen gekommene Grundbesitzer und Ortsvorsteher versammelt, und es wurde beschlossen, sich zunächst einmal der Anzahl der in den Dörfern erlaubt oder unerlaubt vorhandenen Waffen zu versichern, um notfalls einen Entsatztrupp für den von den Aufständischen bedrängten König bewaffnen und nach Potsdam oder gar nach Berlin führen zu können. Zuvor aber wollte Herr von Wefensleben selbst nach Berlin, um Genaueres über die Lage der Dinge zu erfahren und mit entscheidenden Persönlichkeiten über die dringlichst und weniger dringlich zu treffenden Maßnahmen zu sprechen. Und dabei sollte ihn sein Gutsschreiber und künftiger Inspektor Wulle Engelhardt als eine Art Adjutant und notfalls Leibgardist begleiten.

»Und damit hat das Unheil angefangen«, bemerkte die Tante nüchtern.

Die Sonne fiel voll durchs Fenster auf den ovalen Tisch mit dem Kanapee dahinter, auf dem die alte Dame und das junge Fräulein saßen, und in dem scharfen, die kleinste Runzel nachzeichnenden Licht war Tante Kameckes noch immer hübsch anzusehendes Gesicht für das romantisch angehauchte Gretchen wie eine Landschaft, in der sich überaus

Trauriges zugetragen hatte. Die vielen vergangenen Jahre hatten das Traurige zwar mit einer dicken Schicht Vergangenheit überdeckt, aber es war noch zu ahnen.

Damit also hatte das Unheil begonnen. In Potsdam war dem Herrn von Wefensleben bei der Generalität nur mitgeteilt worden, man wisse zwar die gute Absicht zu schätzen, doch sei es weit zweckmäßiger, statt bewaffneter Bauern Kartoffeln, Korn und Geld zu schicken. Soldaten seien wahrlich genug vorhanden, um auf königlichen Befehl einzugreifen, falls ein königlicher Befehl je kommen sollte, aber man wisse noch nicht, ob man sie werde ernähren und löhnen können.

Daraufhin hatten sie sich, vorsichtshalber mit bunten Kokarden an Hut und Mütze versehen, um nicht unangenehm aufzufallen, nach Berlin aufgemacht, wo die Bürgerwache im Königlichen Schloß Herrn von Wefensleben trotz Kokarde rundweg den Zutritt verweigerte. Auch sonst hatte er nichts auszurichten vermocht, da die höheren Herren, denen er zu begegnen hoffte, offenbar nicht daran dachten, sich in diesen Tagen ungeklärter Verhältnisse durch Gespräche mit einem als Reaktionär verschrienen Landjunker unnötig zu kompromittieren. Und so kehrte er schließlich nach Hause zurück, ließ jedoch Wulle Engelhardt in Berlin, mit einigem Geld und dem Auftrag versehen, die Entwicklung der Dinge im Auge zu behalten und über Wichtiges alsbald nach Fahrland zu berichten.

Bis zu diesem Punkt bewegte man sich beim Nachspüren nach dem, was damals geschehen war, noch auf einigermaßen verläßlichem Boden, doch nun öffnete sich ein dunkler Schlund, der nur noch vage tastendes Raten und ahnungsvolles Vermuten erlaubte. Denn wie um alles in der Welt war zu erklären, daß Wulle Engelhardt, dem bis dahin nichts Aufmüpfiges, nichts unerlaubt Politisches nachzusagen war, der in Bälde in den Stand der Ehe treten und einen ordentlichen Hausstand gründen wollte, sich statt seiner Pfarrerstochter

Hals über Kopf der Revolution in die Arme warf?

Hatte ihn die große Stadt vom rechten Wege untadeliger Untertanentugend abgebracht, hatte ihn die ungewohnte Luft der Freiheit berauscht, die über den Straßendemonstrationen, den Versammlungen in den Zelten und in den hitzigen Diskussionen der Clubs geweht hatte, bei denen es um unabdingbare Bürgerrechte, um die neue Verfassung und Bürgerbewaffnung gegangen war? Unerfindlich blieb's, selbst für die, die noch am ehesten behaupten konnte, ihn zu kennen: die kleine Pfarrerstochter Luise Magdalena.

Ende Juni war's schon und spät abends, und sie war als einzige der Schwestern noch auf und stichelte im warmen Schein der Petroleumlampe im pfarrherrlichen Wohnzimmer an einem Stück ihrer Aussteuer — der Pfarrer war nach Fahrland gepilgert, um sich mit dem Amtsbruder bei einem Glas Weißbier und einem Kümmel über die beunruhigend unruhigen Zeitläufte auszusprechen —, als es leise an das zum Garten hinaussehende Fenster klopfte. Wulle stand draußen.

Fast drei Monate war es seit ihrem letzten Zusammensein her, erst nächste Woche hatte sie ihn zur Hochzeit erwartet, und somit war's wirklich eine rechte Überraschung, aber keine erfreuliche, wie sich's gleich zeigte, im Gegenteil.

»Sei mir nicht böse, Luischen«, hatte er dringlich geflüstert, als sie eng aneinandergedrückt unter den Apfelbäumen im nächtlichen Dunkel standen, »aber mit der Hochzeit wird's nischt. Ich muß nämlich schleunigst weg. Die Konstabler sind hinter mir her.«

»O Gott!« hatte sie nur gesagt und einen flüchtigen Moment an all das Schöne gedacht, das sie erwarten durfte, in kurzem schon, und das nun plötzlich nicht mehr wahr sein sollte. Und dann, atemlos: »Was hast du denn bloß angestellt?«

In Wahrheit so gut wie nichts und nur dem Anschein nach viel, so kam's heraus. Mitte Juni war er beim Sturm aufs Zeughaus dabei gewesen, als in der Stadt ruchbar geworden war, daß die Regierung Gewehre und Munition heimlich auf Spreekähne verladen und fortschaffen ließ, um die Bewaffnung der Bürger zu verhindern. Drei Männer hatte man beim Sturm erschossen. Wulle selbst war nicht einmal bis ins Zeughaus gelangt, er hatte nur ein Gewehr, einen Kuhfuß, wie sie das nannten, vom Pflaster aufgelesen, das einem Soldaten im Tumult entrissen worden sein mußte, und mit diesem Gewehr in der Hand hatten Konstabler ihn als Anführer in flagranti verhaftet. Und das Schlimmste war: Aus diesem Gewehr war erst vor kurzem geschossen worden und er damit der Schuld am Tode eines der drei Opfer verdächtig.

»Ich war's nicht! Ich hab' das Ding nur in der Hand gehabt, aber die brauchen einen Dummen, dem sie ihre Blutschuld aufbuckeln können«, hatte er erbittert gesagt. »Und wen die einmal haben, den halten sie fest. Da gibt's keine Gerechtigkeit, da heißt's nur ausrücken und sich nicht wieder kriegen lassen.«

Es war ihm geglückt, als sie ihn mit ein paar anderen aus dem Marstall zur Stadtvogtei hatten überführen wollen, aber er wußte, sie waren ihm auf den Fersen, und es gab keine Ruhe für ihn, bevor er nicht die preußische Grenze hinter sich hatte.

Im sommerwarmen Dunkel unter den Apfelbäumen, in das der sanfte Schein der Petroleumlampe im Wohnzimmer wie aus einer anderen, friedlichen Welt hineinleuchtete, war es eine ganze Weile still geblieben. Es war Luise Magdalenas Natur nicht gegeben, gegen das Schicksal zu rebellieren, und in einem Pfarrhaus lernte man ohnedies, sich duldend zu gedulden und hoffend sich ins Unvermeidliche zu fügen.

Und so fragte sie nur: »Wirst du wiederkommen?«

»Verlaß dich drauf!« erwiderte er, zog sie an sich und küßte sie, wie sie es ihm zuvor noch nie erlaubt hatte, wie es ihr aber jetzt, unter diesen Umständen, geboten schien. »Und wart auf mich! Eines Tages bin ich zurück, wenn die Wahrheit ans Licht gekommen oder Gras über die Sache gewachsen ist. Es kann lange dauern, Luischen, aber warte auf mich!«

Das war das Letzte gewesen. Sie hatte ihn noch über den Zaun springen hören, dann kehrte sie langsam ins Haus zurück, setzte sich im Wohnzimmer zur Lampe und machte sich wieder an ihr Aussteuerstück. Es war nun einmal angefangen, es so zu lassen, ging ihr gegen den Strich, und irgendwie schien's ihr, als könne sie mit dem Vollenden das Schicksal zwingen.

»Ich komme zurück!« hatte er gesagt, aber er war nicht gekommen, all die Jahre nicht. Es war wohl nicht genug Gras darüber gewachsen, und die Wahrheit braucht ihre Zeit. Ab und zu nur brachte die Post einen Brief, aus dem sie sich zusammenreimen konnte, wo er war und was er tat.

Natürlich hatte die Revolution in Berlin den großen Umschwung in ihm bewirkt, denn er war dem Ruf der Freiheit gefolgt und zuerst nach Frankreich gegangen, wo sie gerade König Louis-Philippe abgesetzt hatten. Arbeit fand er in der Gärtnerei eines Monsieur Monier, wo er zudem noch lernte, Blumenkübel aus Stahlbeton herzustellen und das neue Verfahren auch beim Bau von Häusern anzuwenden. Vielleicht, schrieb er, daß er nach seiner Rückkehr in Preußen damit reüssieren könne. Aber da war es mit der französischen Freiheit schon längst wieder vorbei, und Napoleon III. war Kaiser geworden.

Wulle schrieb aus der Hauptstadt Paris, schrieb beiläufig auch von einem gewissen Orsini, mit dem er in nähere Bekanntschaft getreten sei, und der fremdländische Name hatte noch in Luise Magdalenas Gedächtnis gehaftet, als er zwei Jahre später als der des Urhebers eines mißglückten Attentats auf Kaiser Napoleon um die ganze Welt gegangen und selbst bis in den abgelegenen Krampnitzer Winkel gedrungen war.

Luise verbrachte ein höchst beunruhigtes Jahr, ehe sie danach wieder Nachricht erhielt, doch sie war nicht übermäßig erstaunt, daß sie nicht mehr aus Frankreich, sondern aus Amerika, aus einem Ort namens Philadelphia, kam. Er habe zwar mit Orsinis Tat nichts zu tun gehabt, teilte Wulle ihr mit, es aber doch für besser befunden, sich den Nachforschungen der Polizei im Umkreis des Attentäters zu entziehen. Er habe in dieser Hinsicht ja böse Erfahrungen gemacht.

Es war Februar 1859, als sie diesen Brief erhielt, elf Jahre waren es her, seitdem er damals unter den Apfelbäumen versprochen hatte zurückzukehren, und nun war er weiter entfernt denn je, um den halben Globus herum, auf der anderen Seite der Welt. Da gab's in ihr wohl noch ein Gefühl für ihn, aber es war wie ein immer stärker verblassender Traum, jeder Wirklichkeit entrückt. Es war im Grunde längst aus und vorbei und allmählich Zeit, aus dem Traum zu erwachen.

Und da war nun der Geheime Kanzleirat, der Kamecke hieß, in Potsdam residierte, jeden Sommer im Krampnitzer Gasthof »Zur Krone« ein Zimmer bezog, um sich in der mit Kuhstallgeruch gewürzten guten Landluft bei Promenaden und Lesestündchen im Garten von seinen Amtspflichten zu erholen, und mit der Zeit Eingang in die Familie des Pfarrers gefunden hatte.

Beim abendlichen Schachspiel mit dem gründlich seine Züge überdenkenden Hausherrn fand er reichlich Gelegenheit, seinen Blick auf der noch immer beachtlichen, nur ein wenig melancholisch verhangenen Lieblichkeit der Jungfer Luise Magdalena ruhen zu lassen, und mit der Zeit gewann der Gedanke in ihm Raum, daß es reizvoll sein könne, sein zwar behagliches, aber doch ein wenig vereinsamtes Junggesellendasein für ein Leben zu zweien einzutauschen, falls diese Zweite des Pfarrers Tochter sei. Von ihrer merkwürdigen Liebesgeschichte hatte er im Ort munkeln hören, doch es störte ihn nicht. Er war fünfundfünfzig, es war also gerade noch Zeit, und da auch sie kein junges Mädchen mehr war, bestand die Aussicht, daß sie seiner Werbung nicht ganz ablehnend gegenüberstünde.

Er war mit seiner Vermutung gar nicht so sehr auf dem Holzweg. Die Jungfer Luise hatte die ihr seit langem mit wachsendem Wohlwollen folgenden Blicke durchaus bemerkt und sich ihrerseits Gedanken gemacht, die auf die Erkenntnis hinausliefen, daß man von der einem schönen Traum folgenden Wirklichkeit eben nichts Besseres erwarten könne. Ein Geheimer Kanzleirat in der Hand, wenn auch nicht mehr der Jüngste, ein wenig kahlköpfig, kurzbeinig und bauchig um die Leibesmitte, war immerhin besser als ein Bräutigam, der sich nicht nur aufs Dach, sondern in ungreifbare Fernen verflüchtigt und sein im nächtlichen Garten gegebenes Versprechen wiederzukommen offensichtlich vergessen hatte.

Doch es hieße Luise Magdalenas Art gründlich verkennen, wenn man als Folge solcher Erkenntnis eine spürbare Ermutigung des noch zwischen Unentschlossenheit und mangelndem Bekenntnismut schwankenden Bewerbers erwartete. Die einzige festzustellende Folge war, daß sie sich, bevor sie den Schachspielern den Kaffee oder ein Glas Bier ins Wohnzimmer brachte, ein wenig aufmerksamer im Spiegel betrachtete, ein wenig sorgsamer ihr blondes Haar glattstrich oder sich mit einer frischen Schürze oder einem hübschen Halsband schmückte.

Und so reiste der Geheime Kanzleirat am Ende der Ferien unverrichteter Dinge ab, mußte aber, kaum wieder in Potsdam eingerichtet, die lange übersehenen Nachteile seines einspännigen Daseins doppelt empfunden und zudem noch die irritierende Befürchtung verspürt haben, daß es im nächsten Sommer zu spät sein könnte. Jedenfalls erschien er schon zwei Sonntage später mit Zylinder und auch sonst feierlich angetan von neuem in Krampnitz, früh genug, um am Gottesdienst teilzunehmen und sich danach zu einer privaten Unterredung mit dem Pfarrherrn in die Sakristei zu begeben.

Mit der väterlichen Zustimmung versehen, nahm er sodann im Gasthof »Zur Krone« ein reichhaltiges Mittagsmahl ein, teils um dem Pastor Gelegenheit zu geben, sein Töchterchen inzwischen auf das zu erwartende Ereignis gebührend vorzubereiten, teils um sich selbst für die bevorstehende Gemütsbewegung zu kräftigen, und Schlag halb vier betrat er das Pfarrhaus, wo ihn die in ihrem Sonntagsstaat reizend anzusehende Jungfer Luise Magdalena, nachdem er in wohlgesetzter Rede seinen Antrag vorgebracht hatte, sanft errötend mit einem nicht gerade entzückten, aber den Umständen doch einigermaßen angemessenen »Ja« beglückte.

»Und er war ja auch im ganzen soweit nicht schlecht«, fuhr Tante Kamecke in ihrer Erzählung nachdenklich fort. »Er war ordentlich, gutmütig und nicht anspruchsvoll, und was er mir versprochen hat, hat er immer gehalten. Bereut hab' ich's nie.«

»Und was ist aus Wulle Engelhardt geworden?« fragte Gretchen voller Neugier.

»Ich hab' ihm damals gleich geschrieben, aber in einem so wilden Land wie Amerika ist es mit der pünktlichen Postzustellung wohl nicht weit her. Jedenfalls hab' ich erst wieder aus dem Lazarett von ihm gehört, als er sich in den Krieg drüben eingemischt hatte und bei einem Ort namens Vicksburg — oder ähnlich — verwundet worden war. Damals hat er's mit der Befreiung der Sklaven gehabt.« Es war ihrer Stimme unmißverständlich zu entnehmen, was sie von einem ewigen Freiheitssucher hielt, der sich vor lauter Freiheit die Freiheit nahm, anderen Leuten die Erfüllung gewisser nicht unwichtiger Versprechungen vorzuenthalten.

»Könnte doch aber auch sein«, mutmaßte das an den romantischen Möglichkeiten des Falles sich erwärmende Gretchen, »daß er Ihren Brief bekommen und sich vor lauter Verzweiflung in den erstbesten Krieg gestürzt hat, weil er Sie nun für immer verloren hatte.«

Tante Kameckes nüchterner Sinn wehrte sich gegen so dubiose Verklärung eines in ihren Augen eindeutigen und unentschuldbaren Tatbestands, aber ein kleines bißchen Röte war doch in ihre mürben Bäckchen gestiegen. »Nee, der nicht«, sagte sie. »Sonst hätte er ja vor zehn Jahren kommen können, als ich ihm geschrieben hatte, daß Kamecke gestorben war. Das heißt«, fuhr sie fort, und ihre Nüchternheit gewann wieder voll die Oberhand, »da wär's ja nun wirklich zu spät gewesen. Und außerdem ist der bestimmt längst mit 'ner Indianerin, oder was es da sonst für Menschen gibt, verheiratet...«

Wie es oftmals geht, kam ihr »zu spät« zu früh. Gretchen war längst mit einem stattlichen Stapel von Briefen Herrn Streubels und einer beträchtlich vermehrten Kenntnis feinster Lebensart aus der Obhut der Damen Amalie und Aurora von Just nach Hause zurückgekehrt und hatte in Großmutters oder Tante Hedwigs Begleitung die gelegentlichen Besuche bei Grotjahns in Magdeburg wieder aufgenommen, bei denen sich wie durch ein Wunder zufällig stets auch Herr Streubel einstellte, als die Magdeburger Zeitung unter »Vermischtes« eine »Treue Liebe« betitelte Meldung abdruckte. Darin hieß es, der vor vierundfünfzig Jahren nach Amerika ausgewanderte und dort zu Reichtum gelangte Bauunternehmer W. E. sei nach Abwicklung seiner Geschäfte überraschend in die Heimat zurückgekehrt und habe sich in Potsdam mit seiner ihn dort getreulich erwartenden, inzwischen vierundsiebzigjährigen Braut in aller Stille ehelich verbunden. Dem jungen Paar seien die guten Wünsche aller Wohlmeinenden für ihren künftigen gemeinsamen Lebensweg sicher.

Gretchen, die sich eben wieder mal bei Grotjahns befand, nahm die Nachricht, die ihre früheren romantischen Vermutungen in Bezug auf Engelhardts Verhalten vollauf zu bestätigen schien, hocherfreut auf, und als sie mit Herrn Streubel ein paar Minuten allein im Garten promenierte, erzählte sie ihm davon. Schließlich war Tante Kamecke ja die postalische Vermittlerin seiner emsigen Korrespondenz mit ihr gewesen.

»Vierundfünfzig Jahre!« murmelte Streubel erschüttert. »Hoffentlich dauert's bei uns nicht so lange!«

Die jähe Schwenkung des Gesprächs kam für Gretchen total unerwartet. Zuerst schluckte sie, dann blitzten ihn ihre sonst mehr zum Lächeln geneigten braunen Augen entrüstet an: »Bei uns? Wieso bei uns? Davon ist doch nie die Rede gewesen!«

»Eben drum«, erwiderte Streubel tapfer. »Eben drum wollt' ich endlich mal die Rede drauf bringen!«

Wie die heikle Situation sich weiter entwickelte, darüber gingen die Berichte der beiden später erheblich auseinander. Streubel behauptete, Gretchen sei ihm vor lauter Begeisterung gleich in die Arme gesunken, während von ihr selbst weit glaubwürdiger zu vernehmen war, sie habe den Frechling kurzerhand stehen lassen wollen, sei dabei auf dem Kies über ihre eigenen Füße gestolpert, und Streubel habe sie aufgefangen. Dabei sei er so rot geworden, daß er wie eine vollreife Tomate mit Stehhaaren und Zwicker ausgesehen habe, so daß sie richtig gerührt gewesen sei. Und bloß deshalb habe sie ihn ein ganz klein bißchen geküßt, nur so eine Art Streifer, und habe mehr spaßeshalber gesagt, falls das ein Heiratsantrag gewesen sein sollte, würde sie sich's noch überlegen. Und dann sei sie schleunigst abgestiefelt. Auch von Großvater wurde eine Äußerung zu der späten Potsdamer Hochzeit ruchbar. Er hatte die Nachricht wie fast alles in der Zeitung außer den Zuckernotierungen allerdings nur flüchtig gelesen und irrte sich ein wenig in ihren Voraussetzungen.

»Das muß eine ordentliche Person sein«, bemerkte er anerkennend zu Großmutter. »Heiraten soll man nicht überstürzen. Das will gründlich bedacht sein. Bei seinen Eltern weiß man, was man hat, bei dem Kerl, den man heiratet, weiß man's nie. Ich hoffe, Gretchen macht's mal genauso. Es muß ja nicht gleich bis vierundsiebzig sein.«

Fünftes Kapitel

Er mit ihr und sie mit ihm

Hätte Großvater damals geahnt, was sich hinter seinem Rükken im Schoße der Familie zusammenbraute, wäre er in diesem Punkt weniger hoffnungsvoll gewesen. Es kann nämlich nicht geleugnet werden, daß sowohl Großmutter wie Tante Hedwig seit einiger Zeit nicht nur von der Existenz eines gewissen Herrn Dr. Streubel mehr oder weniger am Rande von Gretchens Dasein wußten, sondern ihn auch bei Grotjahns kennengelernt, jede für sich begutachtet und alles in allem sympathisch und in seiner offenbaren Strebsamkeit als möglichen Ehekandidaten für nicht ungeeignet befunden hatten.

Von diesem Befund bis zur stillschweigenden Duldung dieser, wie es sich ausnahm, vorläufig noch ziemlich einseitigen Beziehung und ihrer heimlichen Förderung, falls Gretchen sich stärker engagieren sollte, war nur ein Schritt, für den jede der beiden Damen im Zwiegespräch mit ihrem Gewissen eine andere Rechtfertigung gefunden hätte.

Bei Großmutter, die nur allzu deutlich voraussah, wie hartnäckig Großvater in seiner felsenfesten Überzeugung, daß Gretchen bei ihm am besten aufgehoben sei, jede verdächtige Annäherung eines Jünglings, eines prinzlichen vielleicht ausgenommen, zu hintertreiben wissen würde, war es der Wunsch, ihr das zwar alles in allem höchst unwahrscheinliche, in diesem speziellen Fall aber nicht ganz und gar von der Hand zu weisende Schicksal einer alten Jungfer zu ersparen.

Für Tante Hedwig hingegen, die sich schon bedenklich diesem Status näherte, war es ein Akt später, aber darum nicht weniger sublimer Rache.

Durch Großvater war ihr nämlich der einzige ernstliche Anbeter, dessen sie sich je hatte rühmen können, madig gemacht und vergrault worden, indem er beharrlich behauptet hatte, der Kerl sei nur auf ihr Geld aus.

Vielleicht war er damit sogar im Recht — jeder Blick in den Spiegel belehrte sie, daß sie alles andere als eine Schönheit war — und der junge Mann wirklich ein Luftikus gewesen.

Aber was tat's?

Verliebt und für kurze Zeit berauscht, hätte sie für ihr Geld wenigstens etwas gehabt und ein paar Monate oder gar Jahre vielleicht wirklich gelebt, statt ihrem Schwager bloß den Haushalt zu führen, weil Großmutter häufig kränklich war, und dabei langsam, aber sicher zu versauern und zu verstauben. Nun gedachte sie also, auf dem Umweg über die Nichte süße Rache zu nehmen, und ein aufregend prickelndes Gefühl befiel sie dabei, das in ihre graue Unscheinbarkeit etwas wie Farbe brachte. Ihr einziger Kummer war, daß es mit Gretchen und diesem netten Herrn Streubel offenbar nicht so recht vorangehen wollte.

Seit seiner unfreiwilligen Haft im Kabäuschen des Pavillons im Krügerschen Park hatte Streubel dank beharrlicher Korrespondenz zwar einige Fortschritte bei ihr erzielt, aber während der nur spärlichen Begegnungen bei den Grotjahns einen entscheidenden Eindruck zu machen oder gar das entscheidende Wörtchen zu sprechen war ihm nicht gelungen. Immer, wenn er sie gerade mit List und Tücke in den zufällig leeren Salon oder in einen entlegeneren Winkel des Gartens manövriert hatte, war irgend jemand dazwischengekommen: der alte Heilicke zum Beispiel, der außer als Kutscher auch als Gärtner waltete und mit Rechen und Gießkanne allgegenwärtig war, eine von Männes kicherlustigen kleinen Schwestern, wenn nicht gar beide, Onkel Julius, der wieder mit einer Erfindung schwanger ging und darauf brannte, ihm Näheres über ihre epochale Bedeutung anzuvertrauen, unter dem Siegel strengster Verschwiegenheit natürlich, oder Mutter Grotjahn selbst und wenn nicht sie, dann wenigstens ihr Dackel Lieschen, der mit geradezu rührend-lästiger und noch dazu geräuschvoller Liebe an Gretchen hing. Jedenfalls schien es unmöglich, in diesem Hause auch nur fünf Minuten ungestört für sich zu haben.

Dabei war Streubel fest davon überzeugt, daß sich in Gretchens durch reichliche Romanlektüre genährter romantischer Vorstellung von dem edel-leidenschaftlichen Jüngling, dem sie einst Herz und Hand und noch einiges mehr zu überlassen gedachte, bereits eine Wandlung angebahnt hatte. Wenn es ihm endlich gelang, sie davon zu überzeugen, daß auch in ihm ein nur durch seine Erziehung zu bürgerlichem Wohlverhalten und die in ihrer Gegenwart auftretende Schüchternheit gebändigter Vulkan an Leidenschaftlichkeit rumorte, bestand, das spürte er, begründete Aussicht, sie zu erringen. Nur Zeit und Gelegenheit mußte er dazu haben, die er bei den Grotjahns und unter Großvaters argwöhnischem Blick nicht fand.

Doch ein unvorhergesehenes, für Magdeburg außerordentliches Ereignis kam ihm zu Hilfe, das sich auch in unserem Familienalbum in Gestalt eine Photos niederschlug, auf dem zu unserer Verblüffung ein mächtiger alter Mann mit einer Krone zu sehen war, denn von königlicher Verwandtschaft hatten wir bisher nichts gehört.

»Ist auch keiner«, sagte Mutter, »bloß im Theater. Aber da war er wirklich ein richtiger König!« Und ihre Augen glänzten noch im Erinnern bewundernd auf. Eingeleitet wurde das Ereignis durch eine Ankündigung in der Zeitung, daß der große Adalbert Messmer, der gewaltige Helden- und Schurkenspieler des Königlichen Schauspielhauses zu Berlin, in Kürze ein einmaliges Gastspiel als König Lear im Stadttheater zu geben gedenke. Es war klar, daß sich jeder, der auf sich hielt, an diesem Abend im Zuschauerraum drängen würde, aber für die Krügers und Grotjahns bestand noch ein ganz besonderer Grund: Der große Adalbert gehörte, wenn auch weitläufig, zur Familie.

Auf der mit den Grotjahns versippten großmütterlichen

Seite, bei den Rademanns, hatte es rund hundert Jahre zuvor nämlich eine kleine Familienpeinlichkeit gegeben: Die Tochter Elvira des angesehenen Fuhrherrn August Rademann zu Grimma in Sachsen war bei Nacht und Nebel, ohne Vorankündigung, samt ihrer Sparbüchse mit einem Wanderzirkus durchgebrannt. Genauer gesagt, mit dessen Hauptattraktion, dem glutäugigen, schwarzhaarigen Seilartisten und Kunstschützen François Messmer, der sie bei erster Gelegenheit auch geheiratet hatte, wie aus einem von den Eltern mit einiger Erleichterung zur Kenntnis genommenen, aber nie beantworteten Briefchen Elviras zu erfahren gewesen war. Später war Messmer selbst Prinzipal einer wandernden Schaustellertruppe geworden, bei der sie, die immer gern mit den Pferden ihres Vaters umgegangen war, als Kunstreiterin aufgetreten sein sollte. Man denke, eine Rademann, die sich womöglich barfuß bis zu den Knien im Tüllröckchen auf dem Rücken eines Zirkuspferds produzierte!

Im bürgerlichen Familienkreise schwieg man sich über diesen Fehltritt natürlicherweise aus, und wenn er überhaupt nachweisliche Spuren hinterließ, dann nur in dem auch in der folgenden Generation noch für alle Töchter strikt geltenden Verbot, Zirkusvorstellungen zu besuchen. Nicht einmal in Begleitung, denn damals war der Funke sogar unter Mutter Rademanns wachsamen Blicken übergesprungen.

Auch war es, soweit bekannt, in all den Jahren kein einziges Mal zu Begegnungen zwischen den auch weiterhin seiltanzend, kunstschießend und zuweilen auch schon rezitierend durch die Lande ziehenden Messmers und den seßhaften Rademanns gekommen. Und erst, als der Stern des großen Tragöden Adalbert Messmer am Wiener Burgtheater strahlend aufgegangen war und seine meteorische Bahn zum Königlichen Schauspielhaus der Haupt- und Residenzstadt des neuen Kaiserreichs zog, hatte man bei den Rademanns, Krügers und Grotjahns aufgehorcht, eifrig Nachforschungen angestellt und, als sich ihre Vermutung als richtig erwies, unversehens traut-familiäre Gefühle für diesen offenbar höchst verdienstvollen Enkel des einstigen Schandflecks der Sippe, Elvira, entdeckt.

Wohl hatte es vor noch nicht allzu langer Zeit geheißen: »Nehmt die Wäsche von der Leine, die Schauspieler kommen!«, aber wenn einer an Hoftheatern engagiert war, Könige auf der Bühne darstellte und gar von leibhaftigen Königen huldvoll empfangen und mit Orden behängt wurde, war Ehrenrühriges von ihm wohl kaum zu befürchten, und man durfte vor aller Welt stolz auf ihn sein. Es war also keine Frage, daß die Familie vollzählig zu dem großen Ereignis zu erscheinen hatte, dem bei den Grotjahns ein festlicher Empfang für den Helden des Abends folgen sollte.

Doch sollte Gretchen leider von der Vollzähligkeit der Krügerschen Seite ausgeschlossen bleiben. Angeblich hatte Großvater des gewaltigen Andrangs wegen nur drei Eintrittskarten erwischt, die natürlich zunächst den Älteren, ihm, Großmutter und Tante Hedwig, zustanden. Und als die beiden letzteren in schönem Wettstreit erklärten, die ihre gern Gretchen überlassen zu wollen, da ihnen der »Lear« zu graulich sei, ermahnte er sie ernstlich, daß es auch Familienpflichten gebe und daß der neue Zuwachs erwarten dürfe, gerade von seinen allernächsten Anverwandten gewürdigt zu werden. Schließlich sei Messmers Großmutter wie sie eine Rademann gewesen.

»Stimmt, die durchgebrannte Elvira«, murmelte Großmutter versonnen. Dann wandte sie ihm ahnungsvoll ihren kurzsichtigen Blick zu — kurzsichtig für die Konturen der realen Welt, doch keineswegs für die feineren des nur Geahnten, Ungesagten —, in dessen Tiefe es leise belustigt flimmerte, und fuhr fort: »Sag mal, Krüger, du denkst doch nicht etwa an das alte Zirkusverbot?«

Großvater fuhr sich mit zwei Fingern zwischen steifen Kragen und Hals, wie immer, wenn er in Peinlichkeit geriet, und polterte zurück: »Unfug! Erstens ist das Stadttheater kein Zirkus und der Lear kein Seiltänzer, und zweitens muß Messmer schon gut über die Fünfzig sein und kommt für Gretchen nicht mehr in Frage!«

Recht hatte er, aber so ganz traute sie seinen erklärten Motiven nicht; dazu war ihr seine Reaktion denn doch zu verdächtig heftig erschienen. Es blieb also dabei. Großmutter und Hedwig hatten den »graulichen Lear« über sich ergehen zu lassen, und Gretchen sollte Messmer erst nach der Vorstellung bei den Grotjahns erleben. Daß Großvater sie bei dieser Gelegenheit schärfstens im Auge behalten würde, ließ sich schon jetzt mühelos prophezeien.

Aber Gretchens Enttäuschung ließ Streubel nicht ruhen. Sie und die berauschende Chance, den ganzen Abend oder wenigstens einen großen Teil allein mit ihr zu sein, verliehen ihm den nötigen Mumm, den Theaterdirektor höchstselbst anzusprechen, den er von der Bank her kannte, und doch noch zwei Karten bei ihm loszueisen. Die Plätze lagen in einer der hinteren Reihen des Rangs, aber was tat's? Sehen konnten sie genug, und vor allem konnten sie nicht gesehen werden, wenigstens von Großvater nicht. Und unerspäht ins Theater und wieder zurückzugelangen konnte mittels einer Droschke auch nicht sonderlich schwierig sein. Die Hauptsache war, Veronika und Sophie, Männes kleine Schwestern, und die Köchin, der Gretchen bei der Vorbereitung des Empfangs in der Grotjahn-Villa helfen sollte, hielten dicht.

Bei den beiden Mädchen genügte je eine von Streubel spendierte Tafel Schokolade, um ihnen das große Schweigeversprechen zu entlocken, aber bei der Köchin mußte es schon das Angebot einer hübschen Seidenschürze für sonntags sein, bevor sich ihre mürrische Miene erhellte.

Und so wurde der Abend für Gretchen wirklich ein aufregendes Erlebnis. Nicht nur durch die Begegnung mit dem urgewaltig rasenden, von Töchterundank, Wahn und Weltverzweiflung geplagten Lear dort unten, der seine Sätze röhrend, röchelnd und keuchend ins erschauernde Publikum schleuderte, sondern auch und nicht zum wenigsten durch Streubel.

Daß er ein netter Mensch war, wußte sie längst und hatte es auch schon ihrem unter der feinen Leibwäsche in der Kommode sorglich versteckten Tagebuch anvertraut, aber daß er sooo reizend war, ein richtiger Kavalier, der ihr den Droschkenschlag öffnete, beim Einsteigen stützend die Hand bot, umsichtig dafür sorgte, daß der Kutscher nicht direkt vor dem Theater hielt, um unliebsame Begegnungen zu vermeiden, und sie schließlich durchaus nicht schüchtern und ein bißchen unbeholfen wie sonst, sondern männlich-selbstbewußt zu ihrem Platz geleitete, ohne zu stolpern, sogar ohne den Ankauf eines Theaterzettels zu vergessen, den er ihr galant überreichte, das alles stand in einem überraschenden Gegensatz zu seinen bisherigen Auftritten bei ihr und wurde mit einem sichtbaren, sichtlich beglückten Lächeln und einem unsichtbaren kleinen Wärmeschwall zum Herzen quittiert.

Irgendwie war er ihr dadurch noch um ein weiteres Stückchen nähergerückt, und als der auf der Bühne tosende Orkan der Leidenschaften auch sie durchzurütteln und durchzuschütteln begann, tastete sie unwillkürlich nach seiner Hand wie nach einem verläßlichen Halt in diesem Aufruhr der Gefühle, dem dort unten und dem, der sich nun auch ihrer bemächtigte und sie mitzufühlen, mitzuleiden zwang, wie auch er mitlitt und -fühlte. Es war doppelt und dreifach schön, wenn man das Echo der Gleichgestimmtheit neben sich spürte.

Und als nach dem ersten Akt der Vorhang fiel und sie gelinde errötend die Hand von ihren Abwegen zurückzuholen suchte, hielt er sie einen Moment fest und murmelte, kaum zu verstehen im Beifallsgedröhn: »Ich würde Ihre Hand gern immer halten, Fräulein Grete ... nicht nur im Theater!«

Es kam ihr nach allem Vorangegangenen nur insofern unerwartet, als es sich erstmals wie ein Heiratsantrag angehört hatte, und hätte er sie, was freilich der Umsitzenden wegen wohl doch nicht möglich gewesen wäre, einfach in die Arme gerissen, statt so brave, ihrer Gefühlserhitzung so wenig angemessene Worte von sich zu geben, er hätte vielleicht schon in diesem Augenblick obgesiegt. Statt dessen wurde ihm nur genehmigt, auch während der folgenden Akte Händchen mit ihr zu halten, falls sie sie nicht gerade zum Klatschen oder Tränenabtupfen brauchte, und auch dafür war er dem Abend dankbar.

Im übrigen wurde der »Lear« für den großen Messmer zu einem triumphalen Erfolg. Der Oberbürgermeister erschien höchstpersönlich mit Amtskette und einem Bukett roter Rosen auf der Bühne, um in wohlgesetzter Rede die einmalige, selbst von allerhöchster Stelle — er riß steifrückig die Hakken zusammen — anerkannte Darstellungskunst des begnadeten Mimen zu preisen, und an die dreißigmal mußte der Vorhang auseinanderrauschen, die letzten zwölf Male nur noch für ihn allein, bevor das enthusiastische Publikum ihn endlich in die Garderobe entließ.

Während dies vonstatten ging, hatten sich Gretchen und Streubel allerdings vorsichtshalber schon auf den Heimweg gemacht, und sie erfuhren es erst, als auch die andern aus der Vorstellung kamen und sich nicht genug tun konnten, den Kunstgenuß dieses Abends und insbesondere die großartige Leistung des neuen Familienzuwachses zu loben.

Selbst Oskar, sonst nicht eben den Musen hold, konnte nicht umhin, seiner Erschütterung Ausdruck zu geben. »Stimme hat der Mann, das muß man ihm lassen!« erklärte er voller Hochachtung. »Ein altgedienter Feldwebel ist der reinste Waisenknabe dagegen.«

Nur am Dichter hatte er Beträchtliches auszusetzen. Der Mann müsse total weltfremd gewesen sein. Wenn er den Chef die Firma unter seine Töchter aufteilen lasse, ohne das ihm Zustehende notariell abzusichern, dürfe er sich nicht wundern, wenn sie ihm das Fell über die Ohren zögen. Sicher seien nicht alle Töchter so — damit strich er Sophie und Veronika liebevoll übers Har —, aber Vorsicht sei nun mal die Mutter der Porzellankiste, und ein Fabrikant, der so leichtfertig handle, sei keine tragische, eher eine traurige Figur und verdiene es eben nicht besser.

In der darüber hitzig entbrennenden Diskussion gab Großvater zu bedenken, Shakespeare habe offensichtlich nicht an einen Zucker- oder Konservenfabrikanten, sondern an einen mythischen König und dessen tragischen Altersstarrsinn gedacht, doch Oskar war nicht zu bekehren. Das Beispiel zeige wieder einmal, daß Dichter in den Wolken schwebten und nichts von der praktischen Seite des Lebens verstünden.

Indessen ließ der große Mann auf sich warten.

Heilicke war mit dem Coupé zum Theater zurückgeschickt worden, um ihn an der Bühnentüre abzuholen, und noch nicht aufgetaucht. Man hatte also Zeit genug, sich über die protokollarischen Fragen der ersten Begegnung Gedanken zu machen. Etwa, ob man ihn schlicht und ohne Brimborium als in den Schoß der Familie heimkehrenden verlorenen Sohn empfangen sollte, wie Großvater vorschlug, oder mit einer kleinen festlichen Ansprache, wie Julius meinte, und wozu er sich gleich erbot, begleitet von einem rasch noch im Garten zu pflückenden Strauß, den Veronika und Sophie, die beiden Jüngsten, knicksend zu überreichen hätten? Als König mit Beifall oder als großer Künstler in nachwirkender stiller Ergriffenheit? Mit gesellschaftlichem Zeremoniell oder gleich zwanglos mit herzhaft-verwandtschaftlichem Schulterklopfen?

Als man sich eben auf eine den jeweiligen Umständen angepaßte Mischung aus allem geeinigt hatte, rief Veronika vom Fenster, wo sie auf Oskars Anordnung Posten bezogen hatte: »Er kommt! Er kommt!«

Gleich darauf ließ sich das Rollen der Räder über den knirschenden Kies der Auffahrt vernehmen, und die Grotjahns und Krügers bauten sich voller Erwartung im Halbkreis auf.

»Klatschen!« zischelte es durch die Reihe. »Wir wollen ihn mit Applaus empfangen!«

Doch das Klatschen brach jäh wieder ab, denn nur Heilicke erschien in der Tür, Heilicke allein und ein wenig geniert ob des ihm ungewohnten Empfangs, leicht angefeuchtet zudem, denn es hatte zu regnen begonnen, und Donner grollte in der Ferne.

Er meldete, nach langem vergeblichem Warten habe er den Pförtner gefragt, der ihm mitgeteilt habe, daß niemand mehr im Hause sei. Der Herr Hofschauspieler müsse das Theater durch einen anderen Ausgang verlassen haben. Darauf sei er zu seinem Hotel gefahren, habe ihn aber auch dort nicht vorgefunden.

Es war rätselhaft, und es war menschlich verständlich, daß Mutter Grotjahn gedämpftem Unmut Ausdruck verlieh. Sie habe Gott sei Dank nichts Großes, aber immerhin einen kleinen warmen Happenpappen vorbereiten lassen, die Köchin werde merklich ungeduldig, man wisse ja, wie schwierig es mit Köchinnen neuerdings sei, und außerdem müßten die beiden Kleinen ins Bett. Sie seien ohnehin schon viel zu lange aufgeblieben. Verwandtschaft hin, Verwandtschaft her, es sei höchst ungehörig, sich so rücksichtslos zu verhalten und ein Familientreffen zu vergessen.

Vergessen? Ausgeschlossen! Niemand in der Runde außer ihr hielt es bei so wichtigem, ja geradezu historischem Anlaß für möglich. Man bedenke: eine Familienwiedervereinigung nach hundert Jahren! Und Gretchen stellte, von Streubel und Julius unterstützt, zu Messmers Gunsten die Frage, ob ein großer Künstler so schnell aus dem magischen Bannkreis der von ihm geschaffenen Gestalt herauszutreten vermöge? Vielleicht habe er aus den Abgründen des Leids, die stellvertretend zu durchmessen ihm aufgegeben gewesen sei, noch nicht völlig zu sich zurückgefunden und taumele noch an ihrem Rande.

Es war in diesem Augenblick, daß die Telefonglocke schrillte und der hinzueilende Oskar eine heitere Stimme vernahm, die ihm nach mehrmaligem Erkundigen, ob da auch wirklich Herr Oskar Grotjahn sei, umständlich mitteilte, der Herr Hofschauspieler sei zu seinem Bedauern aufgehalten worden und bitte, abgeholt zu werden. »Sie werden Ihre Freude an ihm haben«, fügte die heitere Stimme hinzu.

»Und wo? Wo will er abgeholt werden?« rief Oskar hastig, da der Anrufer das Gespräch offenbar als beendet ansah.

»Wie? Ach, richtig!« Ein amüsiertes Gelächter klang durch die Leitung. »Hab' ich ganz vergessen. Vom Weinhaus Gambrinus!«

Das mochte das lange Warten erklären. Der »Gambrinus« war, wie Oskar wußte, das Stammlokal des Bürgermeisters. Vermutlich hatte Messmer einer Einladung des Stadtoberhaupts nicht ausweichen können, jedoch die erste sich bietende Gelegenheit ergriffen, sich nunmehr der Familie zu widmen. Daß er nicht selber angerufen hatte — nun, vielleicht hatte er sich aus der Runde nicht lösen können. Und daß sie ihre Freude an ihm haben würden, das war doch wohl ganz selbstverständlich und eine total überflüssige Bemerkung!

Heilicke wurde also erneut in Marsch gesetzt, und da es noch ein Weilchen dauern konnte, entließ Mutter Grotjahn die meuternde Köchin in ihre Kammer und schickte Gretchen dafür in die Küche, um den warmen Happenpappen so eßbar wie nur möglich zu halten. Sie hatte ja ohnehin bei den Vorbereitungen mitgewirkt.

Und dann nahte endlich der große, der so lange sehnlichst erwartete Augenblick. Wieder kündigte Veronika ihn an — diesmal krähend aus dem Kinderzimmer —, wieder rollten Räder knirschend über den Kies, sammelte sich die Familie im Halbkreis mit Front zur Tür, setzte zum Beifall an — und wieder erschien Heilicke im jäh zerflatternden Applaus allein!

Doch diesmal blieb er nicht wie zuvor verlegen auf der Schwelle stehen, sondern stakste steifbeinig zu Oskar, flüsterte ihm etwas ins Ohr. Oskar starrte ihn ungläubig an, murmelte seinerseits eine Frage, die von Heilicke flüsternd beantwortet wurde, worauf beide eilig nach draußen verschwanden.

Die Zurückgebliebenen stürzten wie ein Mann zum Fenster, um das Rätsel dieses Auftritts zu lösen.

Heilicke war ins Coupé geklettert und bugsierte mühselig einen Herrn in Paletot und breitkrempigem Künstlerhut über das Trittbrett hinunter, der unten in Oskars hilfreich geöffnete Arme sank. Wer der Herr war, falls da überhaupt noch Zweifel bestanden, wurde alsbald klar, da sich in diesem Moment das seit langem rumorende Gewitter in einem krachenden Donnerschlag entlud, der auf den Herrn wie ein Stichwort, eine Mahnung zur Pflichterfüllung wirkte, denn plötzlich kam Leben in seine bis dahin schlaffe Gestalt, und Oskar energisch von sich schiebend, schmetterte er Lears Worte auf der Heide in den nun passend herniederprasselnden Regen: »Blast, Winde, sprengt die Backen! Wütet! Blast! Ihr Katarakt' und Wolkenbrüche, speit, bis ihr die Türm' ersäuft, die Hähn' ertränkt . . .«

Weiter kam er nicht. Oskar und Heilicke, unter dem Regen begreiflicherweise unempfänglich für die Schönheit Shakespearescher Dichtung, hatten ihn beiderseits unter den Armen gepackt, und so tauchten sie, den sich schwach Sträubenden mit sich zerrend, gleich darauf in der Halle auf.

Und da erwies sich, daß es mit Gretchens Vermutung, der große Mann taumele vielleicht noch am Rande der Abgründe seiner Rolle, doch nicht so ganz stimmen konnte, obwohl das Taumeln mit bloßem Auge zu erkennen war. Denn bei aller Ehrfurcht vor der Kunst war der betrüblichen Erkenntnis nicht auszuweichen, daß es einer weit weniger erhabenen

Quelle entsprang. Nach seiner letzten Station im »Gambrinus«, der wer weiß wie viele vorangegangen sein mochten, hatte der Gast offensichtlich ein Stadium alkoholischer Illuminierung erreicht, in dem ihm gänzlich entfallen war, wohin er sich hatte begeben wollen, und sich allem Anschein nach nun in seinem Hotel angelangt glaubte. Wie wäre sonst zu erklären gewesen, daß er Oskar mit »Herr Wirt« titulierte und in sein Zimmer geleitet zu werden wünschte?

Und zu einem anderen Klassiker überschwenkend, fügte er hinzu: »Und ich gedenke, einen langen Schlaf zu tun, denn dieses letzten Tages Qual war groß. Sorgt, daß sie nicht zu zeitig mich erwecken!«

Was konnte Oskar anderes tun, als seinem Wunsch zu willfahren? Mit einem in so heillosen Zustand geratenen verlorenen Sohn ließ sich kein ersprießliches Familientreffen begehen. Der Anrufer vorhin hatte wohl doch anderes im Sinne gehabt, als sie auf pure Freude vorzubereiten.

Messmers letzte Bemerkung im Gästezimmer behielt Oskar übrigens vorsichtshalber für sich. »Mir fällt eben ein«, hatte er in einem wacheren Moment mit ungelenker Zunge gesagt, »daß ich mit irgendwelchen langweiligen Leuten verabredet war, die behaupten, mit mir verwandt zu sein. Sagen Sie, falls jemand anruft, ich sei abgereist.«

Doch ganz ohne Heiterkeit ging die Begegnung nicht ab.

Als Oskar in die Halle zurückkam, sah er verdutzt auf einen Taler hinab, den der hohe Gast ihm als Trinkgeld in die Hand gedrückt hatte.

Irgendwie bestand kein rechter Grund mehr, beieinander zu bleiben. Der Reif der Enttäuschung hatte sich über die Gesellschaft gebreitet, und auch die von Gretchen aufgewärmten kleinen Leckerbissen vermochten Großvater nicht zu halten. So erreichten sie noch den letzten Zug.

Als er abfuhr, war Großmutter in ihrer Abteilecke schon eingedruselt. Großvater war gleichfalls nahe dran, von dem angenehmen Gedanken in den Schlummer begleitet, daß dieser Messmer jedenfalls sein ihm gegenübersitzendes Gretchen ganz gewiß nicht zum Absprung in ein ungewisses Dasein verleiten würde, wie es seinem Großvater François mit der Rademann-Tochter Elvira gelungen war. Von ihm aus hätte sie ihn sogar auf der Bühne bewundern dürfen, denn der alte Lear hatte zwar eine großartige Leistung geboten — Großvater mußte es anerkennen —, war aber weiß Gott kein ein Mädchenherz betörender Anblick gewesen. Immerhin — Vorsicht war bekanntlich die Mutter der Weisheit!

Eingewiegt von der Bewegung des Zuges, dämmerte er dem Schlummer entgegen, doch irgend etwas leise Bohrendes, Beunruhigendes hielt ihn noch immer wach, irgend etwas, das ihm nicht ins Bewußtsein treten wollte. Schließlich fiel es ihm ein.

»Hör mal«, sagte er und wirkte unversehens gar nicht mehr schläfrig, »wer war eigentlich der komische Jüngling, der so beharrlich um dich herumstrich?«

Es traf sich, daß Gretchens träumende Gedanken sich eben um diesen Jüngling bewegten, und ihr erster Impuls war's, gegen das »komisch« heftig Protest einzulegen, denn in einem unbeobachteten Augenblick hatte er sich zu ihr in die Küche geschlichen und zwischen Ausguß und Herd endlich zu dem ermannt, was sie statt Händchenhalten heimlich im Theater von ihm erhofft hatte. Und alles, was recht war, es war gar nicht komisch, sondern höchst aufregend, ja geradezu beglückend gewesen, und wie durch ein Wunder hatte sie in diesen Minuten niemand gestört. Aber dann protestierte sie doch lieber nicht, um keinen Verdacht zu erregen, und erwiderte unbefangenen Tons: »Ach, der? Von dem hab' ich dir doch schon erzählt ... Streubel heißt er. Dr. Streubel, ein Freund von Männe. Du weißt doch, der damals ins Wasser gefallen ist. Außerdem ist er schon verlobt!«

Verlobt! Ein Fläschchen Baldrian hätte Großvater nicht besser beruhigen können. Endlich durfte er sich unbeschwert seiner Müdigkeit überlassen. Es hatte durchaus glaubwürdig geklungen — und Gretchen schwindelte ja diesmal auch nicht! Denn er war ja wirklich verlobt, seit diesem Abend, und daß er's mit ihr war und sie mit ihm, ging ja fürs erste niemand was an...

Sechstes Kapitel

Sind Männer ohne Hosen niedlich?

Nicht nur fürs erste, sondern auch fürs zweite und dritte nicht, denn Gretchen und Streubel wußten nur zu genau, daß es langwieriger, sorgsamer Vorbereitung bedürfen würde, bevor sie Großvater mit ihrer vorläufig noch superheimlichen Verlobung kommen durften. Schon deshalb, weil Streubel außer seinem ehrlichen Namen, seinem Doktor und seinem spärlichen Volontärstaschengeld, mit dem er sich selbst gerade eben notdürftig über Wasser hielt, nichts vorzuweisen hatte, womit er einen ordentlichen Hausstand hätte finanzieren können. Sofort vor Großvater hinzutreten und kühn um Gretchens Hand anzuhalten hätte denn doch allzu sehr nach schnöder Mitgiftjägerei ausgesehen und seine Chancen, falls er überhaupt welche hatte, völlig ruiniert.

Gretchen war in puncto notwendiger Verschwiegenheit seiner Meinung, nur Großmutter vertraute sie sich an und natürlich auch Tante Hedwig. Sie wußte die beiden auf ihrer Seite, und außerdem brauchte sie Hedwig für die Briefe, die Streubel ihr schreiben würde. Direkt an sie war unmöglich und postlagernd zu gefährlich, weil Großvater den Leiter des nur mit zwei Leuten besetzten kleinen Postamts am Bahnhof gut kannte und es durchaus möglich war, daß der ihm einen gerade eingetroffenen Brief für sie mitgab, wenn er zufällig vorbeikam. Und was Großvater in einem solchen Fall vom Postgeheimnis hielt, ließ sich leicht vorstellen.

»Ach, du liebes Bißchen!« seufzte Großmutter, als Gretchen ihr von ihrem Glück berichtete, und fuhr philosophisch fort: »Na ja, einmal mußte es so kommen, und der junge Mann macht ja soweit einen ganz gediegenen Eindruck. Aber seht nur zu, daß er bald mehr als nur 'nen Doktortitel mit nichts dahinter vorweisen kann. Du weißt ja, Vater will das Beste für dich, und wie er sich anstellt, weißt du auch: halsstarrig wie 'n Maulesel! Ich werd' inzwischen mein Möglichstes tun, daß er euch nicht auf die Schliche kommt.«

Doch Großvaters Verdacht richtete sich zunächst nicht gegen sein umhegtes Goldstück, sondern gegen Tante Hedwig. »Findest du nicht«, fragte er Großmutter etwa vierzehn Tage später, »daß Hete neuerdings auffällig viel Post bekommt?«

Bei Großmutter klingelte es Alarm. Sie hatte gerade einen Knopf an Großvaters Hausjoppe angenäht und hob sie umständlich zum Mund, um den Faden abzubeißen, bevor sie erwiderte: »Find' ich nicht. Sie schreibt ja alle Nase lang an die liebe Verwandtschaft, und da kriegt sie eben dauernd Antwort.«

Das klang plausibel, aber für Großvaters Verdacht nicht plausibel genug.

»Meinst du nicht, daß wieder so 'n Kerl dahintersteckt?« fragte er. »Es steht auch nie 'n Absender hinten drauf und ...« Er verstummte jäh angesichts der hellen Empörung in ihrem nun voll auf ihn gerichteten, durch die ovale Nickelbrille geschärften kurzsichtigen Blick.

»So, du spionierst also in ihrer Post herum! Schämst du dich gar nicht, Krüger? Und ein Kerl, wie du dich auszudrükken beliebst, in ihrem Alter? Schließlich ist sie schon beinah vierzig! Und selbst wenn's so wäre, wäre es ihre Sache, nicht deine!«

Großvater war so kritische Töne von ihr nicht gewöhnt und eigentlich nicht gewillt, derlei Unbotmäßigkeiten hinzunehmen, aber sein aufkeimender Grimm stolperte über die sich zaghaft meldende Einsicht, daß sie vielleicht doch nicht so ganz unrecht hatte.

»Immerhin hab' ich sie schon einmal aus den schmutzigen Pfoten eines solchen Burschen gerettet!« protestierte er schwächlich.

»Gerettet ist gut! Jedenfalls war schon damals ein Elefant im Porzellanladen ein wahres Wunder an Feingefühl gegen dich!«

Die unmittelbare Folge dieses Gesprächs war eine dringliche Mahnung Großmutters an Gretchen, Streubel zu veranlassen, eine Zeitlang wenigstens seinen überschäumenden Mitteilungsdrang einzudämmen. Es müßten ja nicht unbedingt vier oder fünf Briefe pro Woche sein, einer reiche auch. Selbst ein Verliebter könne nicht soviel zu sagen haben, und wenn man jemand mit Gefühlsschmalzgebackenem überfüttere, ende das für gewöhnlich mit verdorbenem Magen.

Übrigens hatte auch Gretchen Schwierigkeiten mit der Beantwortung. Der Postamtsleiter kannte natürlich ihre Schrift, und um ihn irrezuführen und zu verhindern, daß er Großvater womöglich etwas von ihrer auffällig angewachsenen Korrespondenz verriet, mußte sie sie auf dem Kuvert verstellen und die Briefe bei Dunkelheit, wenn niemand sie sah, in den einzigen Postkasten am Bahnhof werfen, aber auch das war in dem kleinen Ort, in dem jeder »Direktors Gretchen« kannte, nicht so ganz einfach.

Die größte Schwierigkeit aber bereitete die Frage, wie und wo sie sich künftig treffen sollten, denn schließlich hatten sie sich ja auch mal persönlich etwas zu sagen. Im Ort ging es nicht, der vielen neugierigen Blicke wegen, die sein Erscheinen registrieren und spätestens nach dem dritten Mal gewisse Zusammenhänge feststellen würden, worauf es nicht mehr lange dauern konnte, bis Großvater davon erfuhr. Und nach Magdeburg konnte man nicht ohne begründeten Anlaß fahren. Einen solchen wie etwa einen Besuch beim Zahnarzt oder dringliche, nur in der Stadt zu erledigende Einkäufe gab's aber fürs erste nicht. Wenn man trotzdem wollte, mußte man schon einen Anlaß erfinden.

Infolgedessen überraschte Gretchen Großvater eines Morgens beim Frühstück mit der Eröffnung, daß sie ihre hausfraulichen Tugenden in einem Punkt zu vervollkommnen wünsche, den die Damen von Just in Potsdam als nicht standesgemäß leider weitgehend außer acht gelassen hätten, im Nähen nämlich. Es sei so gemütlich, abends im Familienkreise zusammenzusitzen und, während er zum Beispiel vorläse, die sonst müßigen Hände etwas Nützliches tun zu lassen, ganz abgesehen davon, was man sich an unnötigen Ausgaben ersparen könne, wenn man in der Lage sei, nicht nur Schäden zu reparieren und Änderungen auszuführen, sondern sich nach Schnitten vielleicht sogar selbst Kleider zu schneidern.

Großvater zeigte sich von der Idee überaus angetan. Von Sparsamkeitsanwandlungen hörte er sowieso immer gern, und Gretchen hatte ihn in dieser Beziehung noch nicht verwöhnt. Allerdings war sie auch die einzige, bei der er bisher nie aufs Geld gesehen hatte, und daß sie jetzt selbst damit anfing, erschien ihm als ein höchst unterstützenswertes Anzeichen geistiger Reifung. Er hatte auch gleich einen passenden Vorschlag zur Hand.

»Wir lassen einfach die Mürbekow antanzen«, verkündete er. »Ein- oder zweimal die Woche, wie's euch am bequemsten ist. Billig ist sie auch. Das bißchen Mottenkugelgestank läßt sich in Anbetracht des guten Zwecks schon ein Weilchen ertragen, und die Kognakflasche stellen wir so lange weg.«

Aber er sah's schon an den Mienen der um den Tisch versammelten Damen: Weder der kleine Scherz noch sein Vorschlag kam bei ihnen an.

Die Mürbekow, gab Gretchen zu bedenken, könne bloß das Einfachste, und von Schick, worauf es recht eigentlich ankomme, verstehe sie überhaupt nichts. Und dann angelte sie vom Nähtischchen ein Zeitungsblatt, hielt es ihm vor die Nase, schmiegte sich dabei ein bißchen schmeichlerisch an ihn und tippte mit rosigem Finger auf eine Annonce. Den rechten Schick könne ihr nur der hier angezeigte, einmal wöchentlich stattfindende Nähkurs in Magdeburg bieten.

Soviel jugendfrischer Überredungskunst zuzüglich zur nickenden, Zustimmung murmelnden Kulisse Großmutters und Hedwigs und einem nochmaligen Hinweis auf die beachtlichen Sparmöglichkeiten gelang es endlich, seinen Widerstand ins Wanken zu bringen. Na schön, wenn's denn nicht anders ginge! Hedwig habe sie zu begleiten, und falls es nicht jedesmal möglich sei, müsse eben die Parade der Stationsvorsteher und anschließend mit Oskars sicher erfolgender Genehmigung Heilicke samt Coupé wieder in Aktion versetzt werden.

Aber die letzte Schwierigkeit war damit noch immer nicht behoben. Wo sollte sich Gretchen mit Streubel nach den Nähstunden treffen? Denn wahrgenommen mußten sie werden. Großvater ein bißchen hinters Licht zu führen, dazu war Großmutter mit leisen Gewissensbissen bereit, aber zu regelrechtem Betrug durfte es nicht ausarten.

Bei den Grotjahns konnten sie sich allenfalls hin und wieder sehen. Mutter Grotjahn war zwar einigermaßen darüber im Bilde, was da heimlich konspiriert wurde, und sympathisierte damit, doch von Oskar konnte man nicht erwarten, daß er regelmäßige Zusammenkünfte übersah und seinem Busenfreund Krüger verschwieg. Ein öffentliches Lokal aber kam für ein junges Mädchen ohne oder in nicht familiär legitimierter Begleitung schon gar nicht in Frage.

Großmutter dachte zu Gretchens Kummer bereits daran, angesichts der Unüberwindlichkeit dieses Hindernisses die ganze Sache überhaupt abzublasen, als Tante Hedwig sich Friedchens erinnerte. Frieda war die dralle Tochter eines Bauern aus dem Ort und jahrelang als Küchenhilfe und

Putze bei ihnen tätig gewesen, bis sie den Bäckergesellen Schmudicke geheiratet hatte. Sie hatten sich bei einer Sedanfeier kennengelernt, bei der er hinterwärts dem brennenden Holzstoß zu nahe gekommen war und sich ein Loch in den Hosenboden gesengt hatte. Und beim Flicken des Hosenbodens, das sie hilfreich übernahm, hatten die beiden sich gefunden.

»Ich konnt' ja den Menschen vor all den Leuten nich so rumlaufen lassen, und so 'n Mann ohne Hosen is ja wirklich was Niedliches! Frau Direkter hätten sich gewiß auch in den verliebt, wenn se ihn so gesehen hätte«, hatte sie Großmutter den Gefühlssturm erläutert, der sie so prompt Schmudickes Werben hatte anheimfallen lassen.

Um ihre zarten Empfindungen zu schonen, war Großmutter auf diese kühne Behauptung nicht eingegangen. Erst unter vier Augen mit Hedwig bemerkte sie kopfschüttelnd: »Was sagst du dazu? Ich mich in jemand verlieben, bloß weil er ohne Hosen niedlich aussieht? Was dabei niedlich sein soll, möcht' ich wissen!«

»Ich kann's dir nicht sagen«, hatte Hedwig mit noch spitzerer Nase als gewöhnlich erwidert. »Mir fehlt's an Erfahrung.«

Im übrigen war das natürlich nicht der einzige Pluspunkt zu Schmudickes Gunsten gewesen. Noch ohne oder schon wieder mit Hosen hatte er ihr von der Bäckerei erzählt, die er in Magdeburg aufmachen wollte, sobald er vom Gesellen zum Meister aufgerückt sei, und für unternehmungslustige Herren hatte sie schon immer was übrig gehabt, natürlich nur, wenn sie zugleich mit dem nötigen Maß an Gediegenheit aufwarten konnten, und das war bei ihm der Fall.

Sobald die Bäckerei dank seiner Tüchtigkeit und ihrem einnehmenden Wesen hinter dem Ladentisch gut florierte, hatten sie in zwei dazugemieteten, hübsch hergerichteten Räumen nebenan eine kleine Konditorei eröffnet, in der die Liebespärchen und Hausfrauen aus den Straßen rund um die

Nikolaikirche in wachsender Zahl Schmudickes Tortenspezialitäten und Friedchens guten Kaffee konsumierten. Großmutter und Tante Hedwig waren aus alter Anhänglichkeit auch schon einmal da gewesen.

»Meinen Kaffee können Se ruhig trinken, Frau Direkter. Lorke is bei mir nich«, hatte Frieda, in ihrer strammen blonden Fülle, mit weißgestärkter Schürze und weißem Häubchen angetan, appetitlich anzusehen, selbstbewußt erklärt. »Hab' ich ja bei Ihnen gelernt. Lieber drei Bohnen mehr als eine zu wenig. Sagt Schmudicke auch. Wer sich bei ihm die Finger fettig macht, sagt er, kann se sich guten Gewissens ablecken, weil er nur gute Fettigkeit zum Backen verwendet.«

Schmudicke war übrigens zur Begrüßung der hohen Gäste ebenfalls für einen Moment aus der Backstube aufgetaucht, reichlich erhitzt und beträchtlich stämmiger, als Großmutter ihn von seiner ersten Vorführung als Bräutigam her noch in Erinnerung hatte. Daß er mal, unter welchen speziellen Bekleidungsumständen auch immer, niedlich und zum Verlieben gewesen sein sollte, war ihm beim besten Willen nicht mehr anzusehen.

Friedas Konditorei bot also in Anbetracht der so gut wie familiären Beziehung zu ihr eine fast schickliche Gelegenheit für Gretchen und Streubel, sich gewissermaßen unter Aufsicht und dabei diskret zu treffen, denn Bekannte oder Geschäftsfreunde Großvaters, denen Gretchen schon einmal zu Gesicht gekommen war, verliefen sich nicht in dieses abgelegene Lokal. Und Frieda war zudem über die ihr zugewachsene neue Aufgabe begeistert. Einmal, weil sie in einem versteckten Winkel ihres sonst handfest-praktischen Dingen zugewandten Gemüts romantische Träume kultivierte, die sich um Gretchens heimliche Romanze ranken konnten, und zum andern drängte sie ihre Gutmütigkeit, dem Pärchen ihre eigenen Erfahrungen in Dingen der Liebe nutzbar zu machen.

»Kommen Sie man hinter in unsre gute Stube«, sagte sie, als Gretchen zum zweitenmal nach der Nähstunde bei ihr erschien und Streubel noch nicht da war. »Frau Direkter braucht ja nischt davon zu wissen, daß ich Sie hier sozusagen privat etabliere. Unter vier Augen redet sich's besser, als wenn die Leute vom Tisch nebenan ewig rüberglubschen, obwohl sie's selten tun. Die haben ja selber genug zu quasseln. Aber man spricht eben doch ungenierter, und außerdem . . .« Sie schob den Sofatisch, auf dem schon hübsch für zwei gedeckt war, ein Stückchen zurück, damit Gretchen sich in ihrem Kostüm mit der umgürteten kurzen Jacke und dem langen Rock mit Samtbesatz leichter setzen konnte, und fuhr fort: ». . . außerdem kann ich Ihrem jungen Mann hier 'ne größere Portion Sahne bringen, als die andern kriegen, denn er is ja noch 'n bißchen spack, und wer spack is, wird leicht nervös, und das is hinderlich, wenn man verliebt ist. Liebe zehrt und geht mächtig an die Nerven, und es is besser, man sorgt zur rechten Zeit vor . . .«

Sie hätte noch lange weitergeredet und Gretchen mit guten Ratschlägen versorgt, aber die für die Konditorei seit kurzem neu eingestellte Servierhilfe schickte Streubel rein, und nach einer Weile erschien Frieda wieder mit Kaffee, Nußhörnchen und einer mächtigen Portion Schlagsahne, die gleich einem Chimborazo über den Tellerrand aufragte.

»Donnerwetter!« murmelte Streubel erschüttert. »Für wen ist denn das?«

»Für dich«, sagte Gretchen und gab sich Mühe, ernst zu bleiben. »Frieda meint, du seist zu spack und den Aufregungen der Liebe noch nicht gewachsen.«

»Hat die eine Ahnung!« erwiderte Streubel empört. »Der werd' ich was erzählen!« Doch dann entdeckte er ein winziges Glitzern in ihrem nur einen Moment ihn streifenden und im nächsten schon wieder züchtig gesenkten Blick, und aus den Tiefen der Kragenröhre stieg ihm heiße Röte bis in die Ohren.

*

Eine weniger verfängliche Sorte Aufregung erfüllte ihn, als er vierzehn Tage später pustend in der Konditorei erschien. Obwohl er sonst in der Öffentlichkeit die einem Bankmann angemessene Würde zu wahren pflegte, war er fast den ganzen Weg so gut wie gelaufen.

»Stell dir vor«, sagte er und ließ sich neben ihr aufs Sofa sinken, »ich habe vorhin in der Bank mit deinem alten Herrn gesprochen!«

Gretchen wurde blaß. »Doch nicht etwa wegen . . .?«

»Natürlich nicht. Er wollte über Anlagemöglichkeiten reden, und da unser Direktor nicht im Haus war und unser Anlageberater verreist ist, hat man ihn an mich verwiesen. Ich vertrete ihn nämlich.«

»Und?« forschte Gretchen, böser Ahnungen voll. Sie wußte, daß Großvater reichlich kurz angebunden sein konnte, wenn er seiner Meinung nach unpräzise, nicht sachkundige Auskünfte erhielt, und ein solcher Eindruck mußte sich beim gegenwärtigen Stand der Dinge höchst ungünstig für ihre Hoffnungen auswirken. »Ist er grob zu dir geworden?« fuhr sie fort.

Streubel griente. »Im Gegenteil. Überaus liebenswürdig. ›Junger Mann‹, hat er zu mir gesagt, ›so dumm, wie Sie aussehen, sind Sie gar nicht.‹ Das heißt, natürlich nicht wörtlich so, aber dem Sinn nach war's so ziemlich dasselbe. Ich hab' ihm nämlich Papiere empfohlen, von denen ihm schon Gutes zu Ohren gekommen war, und da ich kurz zuvor zufällig den Geschäftsbericht der Firma studiert hatte, konnte ich gründlich Auskunft geben. Er ist wirklich ein ganz umgänglicher Mensch, muß ich sagen.«

»Da hast du aber Glück gehabt«, seufzte Gretchen erleichtert. »Du hast ihn von seiner Schokoladenseite erlebt. Er kann aber auch ganz schön ruppig werden. Wenn er zum Beispiel wüßte, daß wir hier zusammensitzen . . .« Sie verstummte erschauernd und mußte sich mit einem Löffel Sahnebaiser stärken, um die Schreckvorstellung zu überstehen.

»Jetzt noch vielleicht, aber wir sind schon auf bestem Wege«, beruhigte Streubel und rückte ihr näher. »Ich hab' dir nämlich nicht alles erzählt.«

Der zweite Löffel Sahnebaiser blieb dicht vor ihren schon halb geöffneten Lippen in der Schwebe. »O Gott, was denn nun noch?«

»Ich hab' ihn gefragt, ob ich mal die Fabrik besichtigen dürfte!«

Der Löffel samt Ladung sank auf den Teller zurück, und sie sah ihn bewundernd an. »Du hast dich getraut? Und? Was hat er gesagt? Erzähl doch schon!«

Streubel fand ihre Ungeduld bezaubernd und sonnte sich in ihrer Bewunderung. »War doch gar nichts Besonderes dabei! Es hat ihm sichtlich imponiert. Er finde es sehr lobenswert, sagte er, wenn ein Bankmensch mal das Bedürfnis verspüre, die Nase in die Praxis zu stecken. Aber jetzt wär's nicht die richtige Zeit. Später im Herbst, wenn die Kampagne angelaufen wäre, sähe ich mehr. Und weißt du, was das Schönste ist?«

Gretchen schüttelte, nach solchen Wundermären auf alles gefaßt, stumm den Kopf.

»Im Herbst hat sich's nämlich ausvolontiert. Direktor Schultze hat mir's vorgestern schon gesagt. Ab 1. Oktober soll ich die Leitung der neuen Filiale in Wernigerode übernehmen — mit dreitausend Mark im Jahr, und dann wär' ich so weit, vor deinen Vater zu treten und ...«

Frieda, die zwei Minuten später mit einer Fuhre Schlagsahne in ihre vorübergehend als Séparée genutzte gute Stube wollte, machte in der Tür diskret kehrt, zog sie wieder hinter sich zu und sich selbst in die Backstube zurück, wo sie zu Schmudicke sagte: »Ich glaube, der braucht keine Schlagsahne mehr. Stell dir vor, wie ich reinkomme, hat er sie so richtig umärmelt, blinzt mir über ihre Schulter zu und winkt mir heimlich, daß ich verschwinden soll. Richtig leidenschaftlich sah's aus. Hätt' ich der blassen Mücke gar nich zugetraut.«

Schmudicke ließ einen Schieber mit Brotlaiben im Ofen verschwinden und wischte sich mit der Schürze die schwitzige Stirn. »Wieso denn nich?« fragte er bedächtig. »Mann bleibt Mann, und bei so 'nem hübschen Mädchen wie dem Fräulein Krüger wär's ein wahres Wunder, wenn einer nich in Rage käme — auch ohne angesengte Hosen wie ich damals.«

Frieda, schon wieder auf dem Weg nach oben, hielt inne, um mißtrauisch seine letzten Worte zu wägen. »Soll das etwa heißen, daß du ohne die angekokelten Hosen nich . . .?«

Doch Schmudicke bewies, daß er sich außer aufs Backen auch auf Galanterie verstand. »Wie kommst du 'n bloß da drauf, Friedachen?« sagte er. »Wo ich doch bei jedem frischen, runden, prallen Brot, das ich aus 'm Ofen hole, an gewisse, dir zugehörige Sachen denke . . .«

Auch am Krügerschen Abendbrottisch fand Großvaters Unterhaltung mit Streubel ihren Niederschlag. Man hatte bereits gespeist und Großvater steckte sich gerade eine der schwarzen Zigarren an, die er unter gröblicher Mißachtung der zarten Nasenschleimhäute seiner Damenrunde mit Vorliebe zu rauchen pflegte, wenn er besonders guter Laune war. Die getrockneten Kirschblätter, die er für gewöhnlich in seinem Knösel verqualmte, waren schon Zumutung genug, aber an die schwarzen Glimmstengel kamen sie bei weitem nicht ran.

»Übrigens habe ich mich heute in der Bank mit dem jungen Mann unterhalten«, bemerkte er, »der damals bei dem verunglückten Messmer-Abend bei den Grotjahns dabei war.«

Er ahnte nicht, daß die drei kurz vor dem Essen in Hedwigs Zimmer genau darüber gesprochen hatten und sich nun irgendwie ertappt vorkamen. Tante Hedwig ihm gegenüber fixierte einen Punkt in Höhe seines obersten Westenknopfs, um seinem Blick nicht zu begegnen, und Großmutter und Gretchen vermieden peinlichst, sich anzusehen.

Großvaters Wahrnehmungsfähigkeit war durch beginnende Verdauungstätigkeit eingeschränkt, aber die plötzlich gespannte Stille fiel ihm doch auf. »Ist was?« fragte er und Hedwigs Blickrichtung folgend: »Hab' ich mir etwa die Weste bekleckert?« Da er nichts fand, nahm er beruhigt das Gespräch wieder auf: »Hab' gar nicht gewußt, daß er bei der Privatbank angestellt ist. Netter Mensch ... nicht so vorlaut wie die meisten jungen Leute heutzutage, bestens unterrichtet ... Dr. Stübel oder so ähnlich ...«

Durch ein warnendes Räuspern gelang es Großmutter eben noch, Gretchen davon abzuhalten, Großvater zu berichtigen und dadurch mehr als nötig Vertrautheit mit dem jungen Mann zu bekunden.

»Er war das doch, der Julius damals mitsamt seiner Erfindung aus dem Wasser gezogen hat?« fuhr Großvater fort. »Hilfsbereit also auch! Gründliches Wissen, Ernst im Beruf ...« Er unterbrach sich und wandte sich an Gretchen: »Hast du mir nicht erzählt, daß er verlobt ist?«

Die Frage galt nochmaliger vorsichtiger Vergewisserung, ob sich der Jüngling auch wirklich schon in festen Händen befand und keinerlei Gefahr für sein Goldstück bedeutete, bevor er sich weiter lobend über ihn ausließ. Und daß Gretchen, diesmal durch keinen Räusperer Großmutters behindert, es mit mehr Wärme als unbedingt nötig bestätigte, fiel ihm nicht auf.

»Na, also! Solide Lebensauffassung, Bereitschaft zur Verantwortlichkeit, kein Streuner wie Männe. Ich habe ihm erlaubt, sich im Herbst ein bißchen in der Fabrik umzusehen, und erwarte, daß ihr ihn nett aufnehmt. Auch du«, wandte er sich noch mal zu Gretchen, ihrer einstigen Äußerung über den jungen Mann eingedenk. »Auch wenn er dir total schnuppe ist, wie du sagtest, kannst du dich ruhig ein bißchen überwinden.«

»Ich werd's versuchen«, sagte Gretchen reuig.

*

Während der Wochen bis zum Herbst nahmen Gretchens Nähkünste mindestens im gleichen Maß zu wie Streubels Gewicht, denn Frieda hatte es doch nicht über sich gebracht, ihn auf schmalere Ration zu setzen, bevor er nicht zu einem körperlichen Zustand gedieh, der ausreichende Widerstandskraft gegen die nervlichen Anforderungen der Liebe verhieß.

»Man muß ja nicht gleich wie Schmudicke zulegen, aber so 'n bißchen Statiösität kann einem ausgewachsenen Mann nicht schaden«, bemerkte sie kundig. »Ein paar Pfund mehr auf den Rippen, und er sieht gleich nach was Ordentlichem aus. Sie merken ja jetzt schon den Unterschied, Fräulein Gretchen. Zuerst, wo er hier reinkam, war er noch 'n richtiges Hämeken, und nu können Se schon was mit ihm rausstekken. Muß ja auch sein! Schließlich will ja unsereins auch was zum dran Festhalten haben.«

Gretchen meinte zwar, daß er je nach Hämeken ausgesehen habe, sei schamlos übertrieben, und die Gewöhnung an Schmudickes Umrisse müsse Friedas Optik getrübt haben, aber es ließ sich nicht leugnen, daß Streubels Auftreten und seine Erscheinung einiges an männlicher Gewichtigkeit gewonnen hatten — von der Schlagsahne abgesehen, wohl eine Folge der Tatsache, daß die nun kurz bevorstehende Übernahme der Filialleitung in Wernigerode nicht nur sein Ansehen in der Bank, sondern auch sein Selbstbewußtsein merklich gehoben hatte.

Betrüblich daran war nur, daß Streubel infolge des sich dann notwendigerweise ergebenden Ortswechsels wiederum nur aufs Briefeschreiben mit Gretchen angewiesen wäre, denn es würde Großvater wohl kaum begreiflich zu machen sein, warum der Nähkurs nun in Wernigerode fortgesetzt werden müsse.

»Nein, das mach' ich nicht mit!« sagte Streubel entschlossen, als sie Mitte September wieder mal in Schmudickes guter Stube zusammensaßen. »Nicht wieder eine Ewigkeit bloß Briefe! Lieber halt' ich gleich um deine Hand an, sobald ich

Filialleiter bin!«

»Ach ja!« rief Gretchen, im ersten Moment hell begeistert; dann fiel ihr aber dämpfend ein, wie Großmutters Reaktion ausgefallen war, als sie ihr von der bevorstehenden erfreulichen Veränderung in Streubels Verhältnissen berichtet hatte.

»Na ja, dreitausend im Jahr sind gewiß schon ein Anfang«, hatte sie ohne allzu spürbaren Enthusiasmus gesagt, »aber ob das Vater für einen ordentlichen Hausstand reicht? Ich weiß nicht recht.«

»*Er* braucht doch nicht damit auszukommen!« war ihre kiebige Antwort gewesen.

»Natürlich nicht. Aber er ist nun mal, wie er ist, und er will das Beste für dich.«

Noch erfüllt von ihrer damaligen Versicherung, Streubel sei eben gerade das Beste für sie, zugleich aber auch von nur allzu bereiten Zweifeln, ob ihr Vater diese Ansicht teile, kehrte Gretchen in die Gegenwart zurück. »Und wenn Vater nicht will ... ich meine, nicht gleich?« hakte sie vorsichtig nach.

»Dann ... dann ... dann ...« Es war ganz offensichtlich, daß unter Streubels trotzig gesträubter Bürstentolle ein vom neuen Selbstgefühl genährter gewaltiger Entschluß heranreifte. »... dann entführe ich dich einfach!« kam er auch schon mit einem seine felsenfeste Entschlossenheit dokumentierenden Schlag auf den Tisch zu Tage, der leider auf dem Rand des Sahnetellers landete, woraufhin dieser klirrend umschlug und den Rest seines Inhalts in die Gegend verspritzte. Doch weder das noch der Spritzer auf seinem Zwikkerglas, ja nicht einmal die erschrocken herbeistürzende und nach kurzem Blick wieder mal diskret verschwindende Frieda brachten ihn aus dem Konzept.

»Ich hab' nun mal genug von der ewigen Heimlichtuerei«, fuhr er grollend fort, »und ich will dich endlich richtig für mich! Man muß ja nicht gleich vierspännig fahren wollen! Andere können's doch auch mit dem gleichen Gehalt, und ich weiß, daß ich zehnmal besser arbeiten und vorankommen kann, wenn ich meine Gedanken nicht dauernd von dir wegholen muß! Du glaubst nicht, wie hinderlich es ist, Geschäftsberichte, Bilanzen und Börsenzettel zu lesen und dabei unentwegt über die Frage zu stolpern, was du gerade tust und ob du auch an mich denkst!«

»Ach, du Armer!« flüsterte sie zärtlich und lehnte sich an ihn. »So furchtbar schlimm hast du's? Na, dann lass' ich mich eben von dir entführen, wenn Vater nicht will. Er kann ruhig auch mal merken, daß es nicht immer nur nach ihm geht! Aber vorher wisch dir den Zwicker ab, sonst hält dich jeder für einen Konditor und glaubt nicht, daß du ein angehender Filialleiter bist.«

Unter so stürmischen Vorzeichen nahte endlich der Tag, an dem Großvater den »netten Bankmenschen«, wie er Streubel neuerdings wohlwollend nannte, zur Fabrikbesichtigung gebeten hatte. Sein Wohlwollen war in letzter Zeit noch im gleichen Maße gewachsen, wie der Kurs der Aktien gestiegen war, zu deren Ankauf Streubel ihm geraten hatte, ein Umstand, der Gretchen heimlich hoffen ließ, daß ihre Pläne sich vielleicht schneller, als sie dachten, und jedenfalls ohne Entführung verwirklichen würden. Denn so romantisch es ihr im ersten Moment auch erschien, ließ ihr Realitätssinn sie doch ahnen, daß Entführungen, noch dazu solche von Töchtern wichtiger Kunden, von Filialleitern nicht erwartet wurden und ganz bestimmt nicht zu den Dingen gehörten, die bei Bankmenschen als Empfehlung für weiteres Vorwärtskommen zu Buche schlugen. Und nur durch Vorwärtskommen konnte Streubel Großvater imponieren.

Unglücklicherweise hatte es sich ergeben, daß der Tag, den Großvater für den Besuch bestimmt hatte, zugleich auch der letzte war, bevor Streubel endgültig nach Wernigerode überzusiedeln und dort seine neuen Pflichten zu übernehmen hatte. Er war also alles andere als für eine Fabrikbesichtigung geeignet, da der Besucher nach einem in der Bank mit der Entgegennahme letzter Anweisungen verbrachten Vormittag erst gegen ein Uhr würde eintreffen können und früh am Abend wieder zurückfahren mußte, um sein spärliches Hab und Gut, soweit es noch nicht zusammengepackt war, für die Abreise vorzubereiten.

Doch Großvater hatte für diesbezügliche zarte Hinweise seiner Familie nur taube Ohren gehabt. »Das macht doch nichts«, bemerkte er großartig. »Was ist denn in seinem Alter schon groß dabei? Wenn er kommt, schleif' ich ihn gleich durch die Fabrik, nach dem Kaffee kann er sich im Kontor die letzten Produktionszahlen ansehen und was ihn sonst vom Papierkram interessiert, und um viertel sieben kann er den Rückzug kriegen. Bequemer geht's doch gar nicht. Und euch stört's so am wenigsten und macht so gut wie keine Umstände.«

Das eben war es, was Gretchen mißfiel. Sie hätte nichts gegen Umstände einzuwenden gehabt, ganz im Gegenteil, wenn sie ihr nur Gelegenheit geboten hätten, ein paar Minuten unbeobachtet und unbelauscht mit Streubel zusammenzusein. Ob Großvaters gedrängtes Programm das aber erlauben würde, war mehr als zweifelhaft.

Streubel hatte noch weit mehr Anlaß, dem Besuch unter diesen Umständen mit reichlich gemischten Gefühlen entgegenzusehen. Er hatte einige dringliche Abschlußarbeiten zu erledigen gehabt und während der beiden vorhergehenden Nächte kaum ein Auge zugetan. Und als ihm im schon grauenden Morgen dann doch noch ein paar Minuten zum Schlafen geblieben waren, hatte sich ihm die trübselige Aussicht auf die vor ihm liegende gretchenlose Zeit aufs Gemüt geschlagen. Wochen, wenn nicht gar Monate waren zu überstehen, in denen ihm nicht mal lebhafter Briefwechsel Trost spenden würde.

Pausenlos hatte er sich auf seinem Lager gewälzt, ohne einer Antwort auf die Frage, ob er ihrem Vater schon jetzt tollkühn seine Absichten auf Gretchens Hand gestehen oder vorsichtshalber bis zur nächsten Gehaltsaufbesserung warten sollte, auch nur um Fadenbreite näherzukommen. Das eine barg ebenso viele Schrecknisse wie das andere, das hieß, wenn er's genau bedachte und sich Großvaters Bild so richtig lebendig vor Augen führte, das erstere doch noch eine ganze Kleinigkeit mehr.

Während ihm Direktor Schultze vormittags in der Bank noch einige Instruktionen erteilte und ihn sodann mit allen guten Wünschen entließ, war er notwendigerweise gezwungen gewesen, seine Gedanken von seinen privaten Nöten fernzuhalten, aber kaum im Zug, überfielen sie ihn von neuem und ließen erst von ihm ab, als er, total übermüdet, vom einen Moment zum andern in brunnentiefen Schlaf versank, aus dem ihn nur zu bald die Hand des Zugschaffners gröblich herausschüttelte.

»Wollen Sie hier nicht aussteigen?« fragte er.

Der Zug hielt, Streubel sprang eiligst raus und sofort wieder rein, denn es war noch eine Station zu früh; der gute Mann hatte sich geirrt. Und während er den Rest der Fahrt über gleich stehen blieb, um nicht wieder einzuschlafen, entzog er sich dem peinvollen Entweder-Oder durch den Entschluß, gleich nach seiner Ankunft mit Gretchen zu reden. Sie kannte ihren Vater am besten, und was sie vorschlug, würde er tun.

Aber er hatte seine Rechnung ohne Großvater gemacht. »Wenn er kommt, schleife ich ihn gleich durch die Fabrik«, hatte er gesagt, und genau so geschah's. Er fing Streubel ab, als er ihn gegen halb eins vom Kontorfenster aus über den Fabrikhof anwandern sah, und Gretchen, die einen Stock höher hinter der Wohnzimmergardine nach ihm ausgespäht und zumindest auf eine Begrüßung unter vier Augen gehofft hatte, konnte ihm nicht einmal verstohlen zuwinken, bevor er, neben Großvaters langer, schlaksiger Gestalt, selbst auf diese Entfernung zwar adrett und ordentlich, aber ein bißchen kümmerlich und mitgenommen anzusehen, um die Ecke in Richtung der Schwemmbecken verschwand.

Vor zwei bis drei Stunden waren sie nicht zurückzuerwarten, denn was Großvater sich einmal vornahm, betrieb er gründlich — »Halbe Sachen sind nicht mein Fall«, pflegte er zu sagen; »entweder die ganze Speisekarte rauf und runter oder gar nichts!« —, und Streubel würde auch nicht die kleinste Station von den Schneidemaschinen und Brühtrögen bis zu den Kühlkristallisatoren und Trockentrommeln erspart bleiben. Dazu ein ständiger Strom fachlicher Erläuterungen, nur hin und wieder von hinterhältigen Fragen unterbrochen, durch die sich Großvater überzeugen wollte, ob sein Opfer auch aufmerksam zuhörte oder etwa scheinheilig nur so tat.

Als sie endlich kurz vor halb vier in der Wohnung auftauchten, wo Gretchen inzwischen den Kaffeetisch gerichtet hatte, sah man es ihnen an: Großvater die Befriedigung über die hinter ihm liegende gründliche Belehrung, Streubel die ganze Mühsal der Gründlichkeit zuzüglich zur durchsichtigen Blässe zweier schlafloser Nächte.

Um die betrübliche Wahrheit zu sagen: Diese letzten drei Stunden Eilmarsch treppauf, treppab durch die Fabrik hatten ihm nun wirklich den Rest gegeben, und es war ein wahres Wunder, daß er es während des Kaffees halbwegs fertigbrachte, wach zu bleiben und den trügerischen Eindruck zu erwecken, als nähme er am Gespräch teil.

Hin und wieder sackte er zwar ein bißchen zusammen, und die Augen fielen ihm zu, aber dann riß er sie von neuem krampfhaft auf und sah mit einem freundlich-fernen Lächeln um sich, das Gretchen unendlich rührte.

Es muß wohl daran gelegen haben, daß Großvaters Zwikker in seiner Westentasche steckte und sein Blick deshalb der gewohnten Schärfe entbehrte, so daß er den schlafwandlerischen Zustand des jungen Mannes nicht wahrnahm. Jedenfalls erhob er sich, kaum daß er den letzten Schluck Kaffee getrunken hatte, um den Besucher wie verabredet ins Kontor abzuschleppen.

»Willst du Herrn Streubel nicht einen Moment noch ausruhen lassen?« mischte sich Großmutter, durch Gretchens flehentlichen Blick veranlaßt, ein. »Stundenlang mit dir in der Fabrik herumzulaufen ist schließlich kein Spaß!«

Doch Großvater kannte bei so wichtigem Anlaß kein kleinliches Bedenken. »Soll's auch nicht sein«, erwiderte er munter. »Ich bin sicher, daß Herr Streubel jede Sekunde, die er hier ist, nutzen möchte, und das Wirtschaftliche ist für einen Bankmenschen ja noch wichtiger als der technische Kram. Habe ich recht?«

Streubel nickte schwächlich.

Aber dann ging es zum Glück doch nicht so rasch, denn Tante Hedwig steckte den Kopf ins Zimmer und meldete, Herr Lützelberg sei da und wünsche Großvater zu sprechen.

Herr Lützelberg war ein Zuckerfabrikant aus der näheren Umgebung, mit dem Großvater Erfahrungen auszutauschen pflegte und bei der Erarbeitung eines neuen Raffinierungsverfahrens zusammenwirkte.

Abweisen konnte er ihn also nicht, und so wandte er sich mit dem Versprechen zur Tür, bald zurückzukehren.

Großmutter folgte ihm, durch einen flehentlichen Blick Gretchens bewogen, und so fanden die beiden endlich, worauf sie so lange gewartet hatten: ein paar Minuten für sich allein. Streubel war zwar halb hinüber und Gretchen mit halbem Ohr auf dem Flur, aber besser als nichts war's immerhin und außerdem die letzte Gelegenheit vermutlich für längere Zeit.

Was in diesen Minuten, die sich zu einer guten Viertelstunde auswuchsen, geschah, läßt sich zwar unschwer erraten, aber gewiß ist nur, daß Großvater bei seiner überraschenden Rückkehr eine Situation vorfand, die eine schickliche Erklärung nicht mehr erlaubte: Streubel, nicht mehr ganz so schläfrig wirkend, hielt Gretchen auf seinem Schoß in den

Armen, und beide waren so heftig küssend ineinander vertieft, daß sie für Störungen jeglicher Art unempfindlich waren.

Großvater zog die Tür vor Schreck hastig wieder zu, starrte sie einen Moment sprachlos an, und da er sich des Eindrucks nicht erwehren konnte, einer Halluzination zum Opfer gefallen zu sein, öffnete er sie vorsichtig von neuem um einen Spalt und lugte hinein, um das gewiß trügerische Bild zu korrigieren.

Doch nichts hatte sich verändert, von Halluzination konnte keine Rede sein. Nach wie vor tat sich Skandalöses vor seinem Blick und forderte gebieterisch sofortiges Dazwischenfahren. Aber zuvor mußte er sich sammeln, um dem Unerhörten gewachsen zu sein.

Eben hatte er zum zweitenmal leise die Tür geschlossen, als er Großmutter sich von der Küche her nähern sah.

»Weißt du, was ich da drin eben gesehen habe?« fragte er gedämpft, der Umstände wegen mit vor Erregung kratziger Stimme. Es war schon erleichternd, es auszusprechen.

»Ich kann's mir fast denken«, erwiderte sie.

»Aber komm erst mal da weg von der Tür.« Sie zog ihn ins Schlafzimmer gegenüber, ohne auf Widerstand zu stoßen, ja ohne daß er es zu bemerken schien.

»Du kannst dir's fast ...?«

Es klang, als traue er seinen Ohren nicht.

»Vermutlich haben sie sich geküßt«, bemerkte Großmutter ungerührt. »Wundern würde es mich jedenfalls nicht.«

Großvater sank auf den Stuhl, den sie ihm schleunigst unterschob. Sie hatte ihm, von ihrer Brautzeit abgesehen, bisher kaum Anlaß gegeben, sich sonderlich über sie Gedanken zu machen. Die Fabrik kam bei ihm ohnehin zuerst, sogar noch vor Gretchen, und Ehefrauen waren dazu da, Familie und Hausstand in Ordnung zu halten und einem im übrigen das Leben so angenehm wie nur möglich zu machen. Helene hatte diese Pflichten stets ordentlich erfüllt, sie war übersichtlich wie die technische Zeichnung einer neuen Maschine, wie ein gut geführtes Hauptbuch für ihn gewesen. Und nun tat sich da unversehens ein Abgrund auf.

Er starrte sie an, als sähe er sie zum erstenmal. Sein Gesichtsausdruck war nicht unbedingt geistreich zu nennen.

»Wundern täte es dich nicht, hast du gesagt? . . . Aber der Kerl ist doch verlobt!«

»Eben deswegen wundert's mich nicht«, gab sie friedlich zurück. »Gerade weil er verlobt ist!«

»Gerade weil er . . .?«

Sie nickte leicht. »Ja . . . nämlich mit ihr!«

Die Neuigkeit hallte in seinem Schädel wie ein Paukenschlag nach, betäubend zuerst, dann mählich sich klärend zu dem üblen Spiel, das hier offensichtlich mit ihm gespielt worden war, und eine Welle bitteren Selbstmitleids überschwemmte ihn. War nicht wie so häufig in Geschichte und Literatur Weibertücke wieder einmal dabei, über aufrechte Männlichkeit obzusiegen? Er hatte das Beste für sein Goldstück gewollt — natürlich das Beste! Wer anders als er hätte es beurteilen können? Und nun war ihm hinterrücks ein Bein gestellt worden!

Doch dann wogte übermächtig jäher Groll in ihm hoch. So leicht sollten sie ihn nicht kriegen. Noch hatte er ein Wörtchen dazu zu sagen!

»So?« knurrte er und fand nach dem Augenblick kläglicher Schwäche in der eigenen Entrüstung wieder Kraft. »Und du hast es natürlich schon lange gewußt. Du hast es hinter meinem Rücken gefördert, hast zugelassen, daß sie mit diesem hergelaufenen Fatzken . . .«

Es war störend, höchst störend für ihn, daß gerade in diesem Moment Gretchen den Kopf durch den Türspalt steckte und im nächsten in ganzer Person ins Zimmer schlüpfte. Trotz ihrer verliebten Entrückung mußte sie doch etwas von Großvaters Erscheinen bemerkt oder wenn nicht das, dann das gedämpfte Gemurmel ihrer Stimmen vernommen haben und war nun da, um, falls nötig, selbst ihre Sache zu vertreten. Jedenfalls war Großvater im besten Zuge der Faden seiner Empörung gerissen, und Großmutter nahm ihren Vorteil wahr.

»Fatzke?« tat sie erstaunt. »Du hast dich doch bestimmt versprochen! Sicher hast du ›netter Mensch‹ sagen wollen, ›bestens unterrichtet, nicht so vorlaut wie sonst junge Leute‹ . . .«

Und nun fiel auch noch, alles andere als begriffsstutzig, Gretchen ein: ». . . gar nicht zu reden von ›Ernst im Beruf‹, ›gründlichem Wissen‹, ›solider Lebensauffassung‹ und ›Bereitschaft zur Verantwortlichkeit‹! Ich hab's mir genau gemerkt, als du all das von Streubel gesagt hast!«

»Ich?« protestierte Großvater. »Nie im Leben!« Noch einmal versuchte er, aufzubegehren, aber ach, er wußte nur zu genau, daß seine Niederlage nicht mehr zu bremsen war, denn diese Lobeshymne klang ihm nur allzu bekannt in den Ohren, wenn auch, wie sich's nun erwiesen hatte, ihre Voraussetzung schamlos erschwindelt gewesen war.

»Soll ich deiner Erinnerung auf die Sprünge helfen?« ließ sich Großmutter sanft vernehmen.

»Nee, brauchst du nicht«, gab er grollend, aber ergeben nach. »Ich hab's gesagt, ich geb's zu, und ich bleib' auch dabei. Ja, ja . . .« Er hatte alle Hände voll zu tun, Gretchens Enthusiasmus abzuwehren. ». . . ich bleibe dabei, aber das ist noch lange kein Grund, ihm auch noch meine Tochter nachzuschmeißen!« Und mit neuerlich entfachtem Grimm: »Zumal er bei eurem Schwindel mitgemacht hat!«

»Hat er nicht!« sprang Gretchen Streubel bei. »Er hat gar nichts davon gewußt! Eigentlich hat er gleich bei dir um mich anhalten wollen!«

»Und warum hat er nicht?« bohrte Großvater stur. »Ich hätte ihm gleich die passende Antwort gegeben!«

»Eben drum«, griente Großmutter. »Das haben wir uns gedacht, und deshalb solltest du ihn erst mal kennenlernen.«

Doch nun fand Gretchen, es sei des Redens genug, und so schmiegte sie sich auf Großvaters Schoß wie zuvor auf Streubels, drückte ihm einen Kuß auf die rauhe Wange und säuselte dicht an seinem Ohr: »Und nun sag schon ja. Ich möchte außer dem allerbesten Papa auch den allerbesten Mann für mich haben!«

Noch ein letzter Seufzer des Verzichts, dann hatte Großvater sich überwunden. »Na schön«, sagte er. »Gehen wir also und fragen ihn, ob er dich überhaupt noch will. Wo steckt er denn?«

Gretchen war schon halb voraus auf dem Weg zur Tür. »Im Wohnzimmer drüben. Er wird schon wer weiß wie auf mich warten.«

Sie irrte sich. Er wartete nicht — er war nun wirklich eingeschlafen. Während Gretchen um Großvaters Zustimmung rang, hatte ihn endgültig die Mühsal zweier durchwachter Nächte und des Gewaltmarschs durch die Fabrik übermannt. An der Sofalehne heruntergerutscht, hatte er, vermutlich im Halbschlummer schon, die Beine der größeren Bequemlichkeit wegen auf den Sitz gezogen, und da lag er nun, friedlich wie ein Kind zusammengerollt, ein Anblick zum Rühren.

Großvater sah ungerührt auf ihn hinab. »Er scheint's schon vorausgeahnt zu haben, sonst hätte er sich's wohl nicht gleich so häuslich gemacht«, bemerkte er mißbilligend. »Du wirst ihm als erstes beibringen müssen, sich die Schuhe auszuziehen, bevor er die Füße aufs Sofa legt!«

Siebentes Kapitel

Schwindeln und schwindeln ist nicht dasselbe

Sich gleichsam schlafenderweise zu verloben ist nicht jedermanns Sache. Besonders Männer sollen in dieser Hinsicht empfindlich sein. Zwar sind die Zeiten längst entschwunden, in denen sie fellumgürtet und keulenschwingend ihr Mädchen aus der elterlichen Eigentumshöhle rauben mußten, und auch an mancherlei emanzipatorische Forderungen haben sie sich mittlerweile gewöhnen müssen, aber gerade dort, wo sie ihren Führungsanspruch besonders nachdrücklich verfechten, so gänzlich ohne eigene Mitwirkung aus einem Zustand in den andern befördert zu werden, sich aus unerwünschten Außernseitern in allseits genehmigte Fast-schon-Familienmitglieder zu verwandeln ist für das männliche Ego ein harter Schlag. Wer wird später in der Ehe das letzte Wort zu sagen haben, wenn ihm schon beim allerersten Schritt jedes bißchen Beteiligung an der Sache versagt wird?

Streubel lagen solche Gedanken fern, als Gretchen ihn zum übernächsten Zug weckte und ihm freudestrahlend berichtete, daß er sich nun offiziell und väterlich gebilligt als verlobt fühlen dürfe. Es ging aus ihrem Bericht nicht ganz klar hervor, wie es eigentlich so überraschend gekommen war, aber da er ja auch ziemlich ernstlich mit Großvater hatte reden wollen und in seiner Schlaftrunkenheit dann nur die Übersicht über die Entwicklung der Ereignisse verloren hatte, klammerte er sich an die tröstliche Überzeugung, daß es doch nicht ganz ohne ihn gegangen sein könne. Und Gretchen, schon weise in frühen Jahren, ließ ihn bei seinem Glauben.

Im übrigen lud Großvater, da die Würfel nun einmal gefallen waren, ihn mit knurriger Großzügigkeit erstmals zum übernächsten Sonntag ein — falls er bis dahin ausgeschlafen habe, fügte er vorsorglich hinzu — und überreichte ihm als unerwarteten Gunstbeweis eine seiner schwarzen Zigarren, die Streubel allerdings unter dem Vorwand, sie in aller Ruhe und mit der so köstlichem Kraut geschuldeten Andacht erst zu Hause rauchen zu wollen, in die Tasche versenkte und später aus dem Zugfenster warf. Im Moment fühlte er sich solchen Wagnissen noch nicht gewachsen.

Selbstverständlich machte Großvater — und mit ihm die kummergeplagte Familie — noch mancherlei Rückfälle durch, in deren Verlauf er grämlich davon sprach, wie bedenklich weit es schon mit einer Welt gekommen sein müsse, in der man nicht einmal mehr den nächsten Anverwandten trauen könne, die hinter seinem Rücken Verschwörungen anzettelten, und düstere Prognosen hinsichtlich Gretchens Zukunft vom Stapel ließ. »Du wirst bestimmt noch mal an die Zeit bei uns zurückdenken«, prophezeite er Gretchen trübe bei solcherlei Gelegenheiten, »wenn du mit deinem jungen Mann am Hungertuch nagst.«

Aber das hinderte ihn nicht, den »jungen Mann« bei seinen vierzehntäglichen Sonntagsbesuchen brummig-freundlich zu empfangen und vermutlich sogar ohne Hintergedanken weiterhin mit seinen schwarzen Zigarren zu traktieren. Nur auf die Festlegung des Hochzeitstermins ließ er sich vorläufig nicht ein. »Verlobt reicht ja fürs erste«, war seine feststehende Antwort. »Man soll nichts übereilen.«

Immerhin erlaubte er Gretchen zu Ostern, Streubel unter Tante Hedwigs Obhut ins heimatlich-niederschlesische Guteborn zu begleiten, damit er sie seiner Familie vorstellen konnte.

Das Familienalbum barg ein paar Photographien, die bei dieser Gelegenheit entstanden sein mußten, denn Gretchen wirkte noch ein bißchen schüchtern unter der fremden Verwandtschaft, während Streubel, stolz wie ein Hahn auf seine wohlgeratene Eroberung, für seine sonstige Zurückhaltung ordentlich aufgekratzt posierte.

Auf einer von ihnen waren, wie Orgelpfeifen nebeneinander aufgereiht, gleich drei Generationen Streubelscher Männlichkeit zu sehen: links und am längsten Streubel selbst, in der Mitte und um einen Kopf kleiner sein Vater, der Amtsrichter von Bockswalde, und rechts ein noch kleinerer, weißhaariger alter Mann mit lustigen Augen, verschmitztem Gesicht und einem dicken weißen Schnauzbart, der seltsamerweise, wie um seinen Mangel an Gardemaß wettzumachen, eine hohe, wie ein Zuckerhut spitz zulaufende Grenadierbehäuptung aus friderizianischen Zeiten trug. Dazu steckte er zum Unterschied von seinen festlich gewandeten Nebenmännern in einem kragenlosen Hemd und viel zu weiten, schlottrigen Hosen, die ihm garantiert auf die Schuhe gerutscht wären, hätten Hosenträger sie nicht gehalten.

Großvater Streubel war es, das heißt, Vaters Großvater natürlich, nicht unserer. Er war damals, kurz nach der Jahrhundertwende, schon über achtzig, und da der erste von uns Gretchen-und-Streubel-Jungen erst schicklicherweise nach der Hochzeit 1906 zur Welt kam, haben wir ihn nie erlebt. Aber er muß schon eine ulkige Kruke gewesen sein, eine Art Eulenspiegel und Märchenerzähler und ein Stückchen Poet dazu, und es war nur allzu begreiflich, daß jemand, der es mit der Wahrheit so pingelig genau nahm wie Vaters ältere Schwester Henriette, bei der der alte Knabe in seinen letzten zehn Jahren lebte, manchmal recht ärgerlich über ihn werden konnte. Kinder waren nämlich seine besonderen Freunde, und Henriettes kleiner Tochter Bettina erzählte er seine Schnurren am liebsten, obwohl er wußte, daß Henriette es nur höchst ungern sah.

Da war zum Beispiel die Geschichte mit dem weißen Pony. Sie war gerade vor Gretchens und Streubels Ankunft passiert, Großvater Streubel muß sie ihnen erzählt haben, und weil sie Mutter — oder Gretchen, wie's beliebt — so gut gefiel, hat sie sie uns später weitererzählt.

Großvater Streubel hatte auf der Leiter vor der Fliederhecke am Gartenzaun gestanden, um ein paar schöne Zweige für den Empfang der Gäste abzuschneiden, und unten am Fuß der Leiter lehnte die kleine Bettina, dünn, ein lebendiges, munteres Ding mit zerschundenen Knien, und sah zu ihm hoch.

»Ob du's glaubst oder nicht«, sagte der Alte, »ich habe das weiße Pony neulich drüben in Hartmanns Garten gesehen.«

»Glaub' ich dir nicht«, erwiderte unverfroren das Kind.

»Dann läßt du's bleiben«, brummte er oben und ließ die Gartenschere klappern. »Es ist bloß schade, weil es nach dir fragte.«

Bettina kicherte erregt. »Es kann ja gar nicht sprechen!« rief sie atemlos. »Nur Menschen können sprechen, Ponies nicht.«

Der Alte kletterte jetzt langsam und vorsichtig mit seinen Zweigen die Leiter herunter. Des Kindes unruhiges, kleines Gesicht war ihm zugewandt. »Denk, was du willst«, sagte er. »Ich weiß, was ich weiß.«

Während er die Zweige auf dem Gartentisch auseinanderbreitete, nagte Bettina unentschlossen an ihrer Unterlippe. »Erzählst du nun nicht mehr weiter?« fragte sie enttäuscht.

Großvater Streubel schüttelte den Kopf.

»Und wenn ich's glaube?« fuhr Bettina fort. »Wenn ich dir verspreche, daß ich's glaube?«

»Na ja«, gab er endlich nach, »aber sag hinterher nicht, daß es so was nicht gibt.« Er ließ sich ein bißchen steifbeinig auf die unterste Sprosse der Leiter nieder. »Die Sache ist nämlich die, daß man es nur in Vollmondnächten sieht, wenn keine einzige Wolke am Himmel ist. Dann läuft es über die Wiesen und durch die Gärten und sucht nach einem Kind, das es erlösen kann.«

»Wovon erlösen?« Bettinas Stimme zitterte vor unterdrückter Erregung.

Der Alte sah sich vorsichtig um, dann zog er das Kind näher zu sich heran und wisperte geheimnisvoll: »Das ist es ja eben. Man darf eigentlich nicht drüber sprechen.«

»Warum denn nicht?«

»Weil das Pony kein Pony ist. In Wirklichkeit ist es nämlich eine Prinzessin, die vor vielen Jahren ein neidischer Zauberer in ein Pony verwandelt hat.«

Bettina starrte ihn atemlos an. Ihr Gesichtchen schien von innen heraus zu glühen. »Eine Prinzessin?« flüsterte sie.

Großvater Streubel nickte. »Ja, und ein Kind muß es sein, weil nur Kinder so unschuldig sind, daß ihnen kein Zauberer was anhaben kann. Brave Kinder natürlich, nicht solche Tunichtgute, die heimlich blaue Halstücher stibitzen, um ihren Puppen einen neuen Rock draus zu schneidern.«

Ein Schatten von Mißtrauen zog über Bettinas Miene und verwehte sofort. »Und du hast es wirklich selbst gesehen?«

»Wie ich dir sagte: drüben in Hartmanns Garten. Wo die Stachelbeersträucher sind. Leider konnte ich ihm nicht helfen. Ich mag ja ein bißchen kindisch sein, aber aus den richtigen Jahren bin ich jedenfalls raus.«

Der Alte schmunzelte, als er an diesem Abend das blaue Halstuch, das er seit einigen Tagen vermißte, sauber gefaltet auf seinem Nachttisch fand. Von unten hörte er Henriettes Stimme — sie brachte wohl Bettina zu Bett —, und eine ganze Weile danach kam sie die Treppe zum oberen Stockwerk herauf und trat zum Gutenachtsagen bei ihm ein.

»Merkwürdig«, sagte sie lächelnd, »Bettina war heute beim Schlafengehen beängstigend artig. Nicht einmal beim Ohrenwaschen hat sie gejammert.«

Unten lag Bettina still im Bett und blickte durch die Gitterstäbe in das Zimmer, das in tiefem Dunkel lag, denn der Mond war noch nicht aufgegangen. Aber er würde kommen, und es würde Vollmond sein. Ein kreisrunder, silberner Mond, und wenn er da war, würde es sich erweisen, ob eine Wolke über den Himmel segelte.

Die Stirn dicht an die Stäbe gepreßt, suchte sie ihre Puppe

Carola zu erkennen, die unberockt in ihrem Stühlchen neben dem Bett saß und sicher fror. Aber die leise Betrübnis hielt nicht an. Hinter dem hohen Kirchendach zeigte sich schon ein silbriger Schein, und nun wurde es auch im Zimmer heller. Hauchzarter Silberglanz durchwebte die dichte Dunkelheit, Schatten begannen sich abzuzeichnen, eine wundersame Fremdheit zog ein, als sei dies gar nicht das Zimmer, das sie bis in den letzten Winkel kannte, sondern ein anderes, größeres, vielleicht gar ein Saal in einem Märchenschloß.

Ängstlich und ehrfurchtsvoll drückte sich Bettina in die Kissen und sah zur Decke auf, die sich unversehens im Widerschein des vollen Mondlichts erhellte. Sie richtete sich auf den Knien auf und spähte über die Stirnwand des Bettes, vorsichtig, damit die Federung unter ihr nicht quietschte.

Da war er, rollte wie ein leuchtendes Rad über den dunklen Himmel, und kein Wölkchen verhüllte die glitzernden Sterne, wie sie sich, nachdem sie, vor Aufregung bebend, über das Gitter geklettert war, am Fenster überzeugte. Aber nichts zeigte sich zwischen den Stachelbeersträuchern drüben in Hartmanns Garten. Licht und Schatten flossen kühl und rätselhaft ineinander.

Es war wie auf den Vexierbildern, die ihr Großvater Streubel manchmal zeigte; da glaubte man, ein Bein, einen Arm, ja ein Gesicht zu erkennen, doch dann war es etwas ganz anderes.

Die Augen taten ihr weh, so starrte sie hinaus, und ihre Hoffnung sank allmählich. Sie war müde und fröstelte, aber sie dachte keineswegs daran, in die Wärme unter der Decke zurückzukehren.

Und plötzlich, als sie schon fast glaubte, daß alles vergebens sei, fuhr sie zusammen und schrie leise auf. Da ... da bewegte es sich, ein weißer Umriß, blieb stehen, äugte zu ihr herüber, schien zu nicken, trabte weiter und — verschwand.

Geschwind öffnete sie das Fenster, kletterte auf die Terrasse hinaus, rannte durch das nachtfeuchte Gras zum Zaun, kroch wie so oft am Tag durch die Lücke und hielt inne. Denn da war nun nichts mehr zu sehen, und die Enttäuschung trieb ihr fast die Tränen in die Augen ...

Bevor Henriette sich zur Ruhe begab, sah sie wie jeden Abend in Bettinas Zimmer. Als sie die Kleine nicht in ihrem Bett und das Fenster weit geöffnet fand, lief sie in den Garten. Sie fand sie sofort: ein schmales, helles Bündel, das, mondlichtüberglänzt, am Fuße eines Baums jenseits des Staketenzauns lag. So fest schlief das Kind, daß es nicht erwachte, als seine Mutter es zurück in sein Zimmer trug.

Am nächsten Morgen mußte Bettina im Bett bleiben, sie fieberte leicht. Was sie im Garten gesucht hatte, verriet sie nicht, und erst als Großvater Streubel auf der Schwelle erschien, wurde sie lebendig und hob sich auf die Ellenbogen. »Ich hab' es gesehen«, flüsterte sie.

»Was?«

»Das Pony natürlich!«

Der Mund des Alten unter dem Schnauzbart blieb offenstehen, und seine dichten weißen Augenbrauen stiegen verblüfft in die faltige Stirn. »Das Pony? Wo?«

»Wo du es auch gesehen hast. Bei den Stachelbeeren drüben in Hartmanns Garten.«

Während sie ihm aufgeregt die Einzelheiten berichtete, fand sich sein Blick von der stämmigen Gestalt Herrn Hartmanns angezogen, der jenseits des Zauns im Sonnenschein friedlich unter seinen Bäumen spazierte. Mehr noch jedoch von Zipo, dem mächtigen weißen Hirtenhund, der würdig neben ihm einherschritt.

»So«, brummte der Alte und blinzelte dem Hund gedankenvoll nach. »Hat es dich etwa auch angesprochen?«

»Nein.« Eine Träne hing in Bettinas Wimpern. »Als ich drüben ankam, war es fort. Ich wollte warten, ob es vielleicht zurückkommt, und bin eingeschlafen. Aber vorher hat es mir zugenickt.«

Der Alte beugte sich über das Bett. »Macht nichts«, sagte

er tröstend. »Manchmal genügt schon die gute Absicht und der Glaube, wenigstens solange man noch ein Kind ist. Vielleicht hast du es trotzdem erlöst.«

»Aber ich möchte es gerne wissen!«

»Hm, das ist klar«, murmelte Großvater Streubel. »Ich hab' gehört, daß man dann als Zeichen irgend etwas auf der Bettdecke findet, etwas, das man besonders gern haben möchte.«

Bettina sah kläglich über die Decke hin. »Es ist ja nichts da!«

»Nicht sofort natürlich«, beschwichtigte der Alte. »Auch eine Prinzessin braucht Zeit, um ihre Präsente zu übersenden.«

Auf dem Weg zu seinem Zimmer kam ihm Henriette entgegen. Offensichtlich hatte sie ihn schon gesucht, und er konnte sich auch vorstellen, weshalb.

»Hör mal, Großvater«, sagte sie ärgerlich, »ich vermute, daß eine deiner Geschichten hinter Bettinas nächtlichem Ausflug steckt. Du siehst, was dabei herauskommen kann. Ich hab' dir's schon oft genug gesagt! Laß es also in Zukunft! Ich hab' es nicht gerne!«

»Um so schlimmer für dich«, gab der Alte reuelos zurück. »Ich meinesteils würde mich glücklich schätzen, wenn ich mir den Eintritt ins verlorene Paradies durch einen kleinen Schnupfen erkaufen könnte.«

Bettina schlief, als er zum zweitenmal an diesem Vormittag auf Zehenspitzen ihr Zimmer betrat und das blaue Halstuch auf die Bettdecke legte. »Die Prinzessin läßt grüßen«, flüsterte er.

Aber nicht nur Kindern erzählte er Märchen, auch sonst hatte er's ziemlich faustdick hinter den Ohren, und sein Sohn, der Amtsrichter Streubel, sagte von ihm: »Wenn ich den bei 'ner Sache als Zeugen vor mir hätte, kein Sterbenswörtchen würd' ich ihm glauben.«

Er sagte es schmunzelnd, und dann zupfte er nachdenklich an seinem von grauen Fäden durchzogenen, kurzgehaltenen Schnurrbart, der seinem ledrigen, mageren, aber noch immer irgendwie hübschen Gesicht einen Anflug von Schneidigkeit verlieh, und fügte liebevoll hinzu: »Aber bloß so schwindeln tut er deswegen nicht. Ich glaube, ihm ist die Welt nur zu grau, und so pinselt er sie ein bißchen bunter an.«

Mag sein, daß vielleicht auch das im Zeugenstand vor Gericht genauerer Prüfung nicht standgehalten hätte, was Großvater Streubel Gretchen erzählte, als sie ihn danach fragte, was es mit der altpreußischen Grenadiermütze auf sich habe, die er sich zum Photographieren über den Schädel stülpte. Vielleicht aber doch. Großvater Streubel schwor nämlich Stein und Bein, daß es damit seine Richtigkeit hätte. Und wenn sich's um ernsthafte Dinge wie Schwören handelte, verstand er keinen Spaß.

»Das ist eine lange Geschichte, mein Kind«, sagte er, »und um sie hinter mich zu bringen, brauch' ich ein bißchen was Feuchtes in der Kehle, und sicherlich willst du ja nicht nur von unserem Urahn hören, sondern ihn auch sehen. Besuch mich also in meiner Klause, aber möglichst ohne diesen jungen Mann dort, den du unklugerweise heiraten willst, falls dir nicht doch noch die Lust dazu vergeht. Warum? Weil du an meinem Exempel siehst, was aus einem Streubel mit den Jahren werden kann.«

»Im Gegenteil«, erklärte Gretchen, und in ihren blanken braunen Augen glänzte es heiter auf. »Wenn er so wird wie Sie, soll's mich herzlich freuen!«

»Charmant. Das hört man gerne!« griente Großvater Streubel und verneigte sich elegant, was in seinem rustikalen Aufzug nicht weniger possierlich aussah.

»Aber warum ohne ihn?« fragte Gretchen.

»Ganz einfach, weil er die Geschichte schon kennt und mich nur durch unsachliche Zwischenbemerkungen stören würde. Bis später also. Au revoir!«

Damit stelzte er ein bißchen wacklig und steifbeinig, doch nicht ohne Würde davon. Man mußte es ihm lassen: Selbst so, in Hemd und Schlotterhose, verleugnete er die feinere Lebensart seiner Vergangenheit nicht. Schließlich war er einmal Intendanturrat oder so etwas Ähnliches bei der preußischen Militärverwaltung gewesen und hatte erst im Ruhestand entdeckt, wieviel sinnvoller und auf jeden Fall amüsanter es war, im Garten Gemüse oder Blumen zu pflanzen und ihrem Wachsen zuzusehen, als sich um die rechtzeitige Manufakturierung und Anlieferung von Schuhwerk und Uniformstükken für die Armee zu kümmern.

Als Gretchen kurz vor dem Abendessen Großvater Streubels Zimmer im oberen Stockwerk wieder verließ, war sie, ob er nun phantasievoll gepinselt hatte oder strikt bei der Wahrheit geblieben war, um ein ganzes Stück Menschen- und Lebenskenntnis reicher geworden. Um etliches Wissen an preußischer Geschichte auch, wie es ihr weder in der Schule noch bei den Justschen Damen in Potsdam geboten worden war.

Den, um den sich dieses Wissen rankte, den Helden des Dramas sozusagen und einstigen Besitzer der merkwürdigen Grenadierbehäuptung, wie sie das Potsdamer Garderegiment bei Paraden noch immer trug, hatte sie in Gestalt eines fast lebensgroßen Porträts an der Wand gegenüber ihrem Platz neben dem Tisch mit der Rotsponflasche und den beiden Gläsern vor der Nase gehabt: einen stattlich gewachsenen Mann im blauen, rot abgesetzten und gefütterten Uniformrock, Gilet und Hose aus gelbem Wollstoff, bis über die Knie reichenden weißleinenen Knöpfgamaschen, und mit weißem Lederzeug und schwarzen Halbschuhen.

Der Mann hatte Joost-Willem Struybel geheißen und war Uhrmachergeselle in Rentum im Holländischen gewesen, bevor er durch seine Länge von fast zwei Metern das entzückte Auge eines preußischen Werbeoffiziers auf sich zog. Da ihn weder Überredung, verbunden mit der verlockenden Aussicht auf eine sowohl abwechslungs- wie ruhmreiche Zukunft, noch reichliches Traktieren mit Genever zu einem Berufswechsel hatte verleiten können, sah sich der Werber genötigt, zu weniger zurückhaltenden Mitteln zu greifen.

Eines Nachts bei der Heimkehr aus dem Wirtshaus sah sich Struybel in einer dunklen Gasse von vier fragwürdigen Gestalten überfallen. Betäubt, gebunden und geknebelt, wurde er in einen bereitgehaltenen, vorsorglich mit Luftlöchern versehenen Sarg verpackt, und eine gute Stunde später überquerte er auf einem Karren, von einem würdigen Trauergeleit von vier Herren in einer Kutsche gefolgt, unbehelligt die Grenze zum Herzogtum Kleve.

»Das war damals schon brandenburg-preußischer Besitz«, hatte Großvater Streubel erläutert, »und seitdem sind wir Streubels Preußen mit ›eu‹ statt ›uy‹, Beutepreußen, könnte man sagen, aber immerhin.«

Er begoß das nicht uneingeschränkt freudige Ereignis mit einem kräftigen Schluck aus seinem Glas, lupfte sich mit der Zunge einen hängengebliebenen Tropfen aus dem Schnauzbart und fuhr fort: »Joost-Willem muß trotz seines jugendlichen Alters ein Mensch von Verstand und Einsicht gewesen sein, denn als er noch ein wenig benommen seinem Sarg entstiegen und in der Festung Wesel mit preußisch-militärischen Erziehungsmethoden in erste Berührung gekommen war, auch wohl die Ausweglosigkeit seiner Lage erkannte, scheint er das bessere Teil erwählt und sich in sein Schicksal gefügt zu haben. Und da er seiner besonderen Länge wegen für die langen Kerls der Garde des Soldatenkönigs bestimmt war, ging's ihm auch keineswegs schlecht. Nicht so schlecht jedenfalls wie dem Werbeoffizier, der beim nächsten Fang die Luftlöcher im Sarg anzubringen vergaß, mit der unfreiwilligen Leiche erwischt und von den erbosten Holländern wegen fahrlässiger Tötung erschossen wurde.«

»Geschah ihm recht!« hatte sich Gretchen empört und wißbegierig hinzugefügt, warum sie denn so sehr hinter großen Soldaten her gewesen seien. »Man sollte doch meinen«, sagte sie, »sie seien leichter zu treffen als kleine.«

Großvater Streubel hatte es sichtlich genossen, ihr aus dem Born seines speziellen Wissens Bescheid zu geben. Man saß ja nicht jeden Tag so hübschen braunen Augen gegenüber, die noch dazu höchst gläubig auf ihn gerichtet waren, zum Unterschied von denen Henriettes mit ihren kaum höflich verhüllten Zweifeln am Wahrheitsgehalt seiner Geschichten, während sein Sohn, der Amtsrichter, schon nach den ersten Worten zu gähnen begann, weil er sie längst auswendig kannte. Es war schon angenehm, wenn neues Blut in die Familie kam und ihm ein unbefangenes, neues Publikum bescherte.

»Recht hast du«, sagte er, »aber — was wichtiger ist — solange sie leben, schießen sie schneller. Mit den Vorderladern von damals mit Feuersteinschloß war das Schießen zwar schon einfacher als mit der alten Luntenmuskete, aber man brauchte lange Arme, um das anderthalb Meter lange Gewehr schnell zu laden und alle zwanzig Sekunden einen gut gezielten Schuß abzufeuern, wie es die preußische Drillordnung vorschrieb. Einen Schuß mehr in der Minute als in den anderen Heeren üblich, und das war schon der halbe Sieg. Lange Arme haben aber nur große Soldaten . . .«

Er war auf bestem Wege, sich in die langwierigen Details des komplizierten Ladeprozesses zu verlieren, doch ihr Interesse hatte sich längst wieder der menschlichen Seite zugewandt. »Was ist denn aus dem Armen geworden?« Sie nickte zu dem Porträt hinüber.

Es erwies sich, daß Joost-Willem auch im weiteren Verlauf seines Daseins als Beutepreuße gar nicht so arm dran gewesen war, wie sie's gedacht hatte. Von Wesel nach Potsdam verbracht und als Rekrut dem Gardegrenadierregiment einverleibt, stellte es sich sehr schnell heraus, daß der einstige Uhrmachergeselle von Haus aus weit mehr Eignung für das Metier des Soldaten besaß als die ungeschlachten Bauernburschen, die unter den »Enrollierten« überwogen. Auch sagte ihm seine Intelligenz, daß er um so eher den peinlichen Anfangsstadien seiner neuen Laufbahn entrinnen könne, wenn er sich anstellig gab und willig zeigte, sie zu bewältigen.

So war er schon nach einem halben Jahr strammen Drills das Musterbild seiner Korporalschaft und der vielerlei Annehmlichkeiten teilhaftig geworden, die der König für seine militärischen Lieblingskinder bereithielt. Zwar durfte er wie alle anderen die ummauerte Stadt nicht verlassen, aber als Ausgleich dafür wurde ihm als Quartier ein eigenes Haus zugewiesen und die Genehmigung erteilt, in seiner Freizeit sein Gewerbe auszuüben. Sogar zu heiraten war ihm gestattet, falls ihm unter den seinem Stande zukommenden Mädchen eine gefiel, und falls nicht, durfte er sich eine offizielle Konkubine zulegen.

Zu diesem Zeitpunkt jedoch stellte ihm sein bis dahin nicht unfreundliches Geschick ein Bein, indem es ihm die Schneiderstochter Rieke Hummel vor Augen führte, ihn sich Hals über Kopf in sie verlieben ließ, und das mit einer Leidenschaftlichkeit, die seinem eher bedächtigen Temperament bisher niemand zugetraut hätte, am allerwenigsten er sich selbst. Dabei war Rieke mit ihrem dicken, flachsblonden Haar, ihren nicht gerade kleinen, aber auch nicht großen Augen und ihrer ein bißchen aufgestülpten Nase keine besondere Schönheit, aber in ihrer Frische, ihrer Behendigkeit und vor allem in ihrer zutraulichen Herzhaftigkeit war etwas, das ihn unwiderstehlich anzog.

Vielleicht war's gerade das, daß er in seiner körperlichen Mächtigkeit an ihrer kleinwüchsigen Zierlichkeit und Biegsamkeit besonderes Wohlgefallen fand, doch das stand wiederum seinen weiteren Wünschen im Wege. Als er beim Regiment um Heiratserlaubnis nachsuchte, stellte es sich heraus, daß die Bereitschaft des Königs, seinen langen Kerls eine Bettgenossin zu gönnen, ihre meßbaren Grenzen hatte.

»Eins dreiundfünfzig ist die Person?« bemerkte mißbilligend sein Kapitän. »Das wisch' Er sich nur ab, Streubel! Dafür bekommt Er nie Permission. Der König braucht Nachwuchs für seine Garde, und den kann ihm so ein Zwerg nicht liefern. Seh' Er sich also gefälligst nach einer um, die besser zu Seiner Länge paßt!«

Damit hatte sich's. Vorläufig wenigstens. Vorläufig blieb Joost-Willem ein guter Soldat, aber in ihm rumorte es. Loyale Untertanen haben schon aus geringerem Anlaß ihren Oberen den Gehorsam gekündigt, und in ihm regte sich das freiheitliche Geusen-Blut seiner Väter. Wie kam man dazu, seine Liebe nach Zentimetern bemessen zu wollen? Rieke war nun mal nicht größer, daran ließ sich beim besten Willen nichts ändern, auch, daß sie seine Erwählte blieb! Und Rieke war bereit, mit ihm zu gehen, wenn er der fehlenden Zentimeter wegen ernstlich desertierte.

Eine Gelegenheit dazu ergab sich, als Rieke für ein paar Tage ihre Tante im Dorf Glienicke besuchte. Joost-Willem gedachte, eine oder zwei Nächte darauf mittels einer Strickleiter die Stadtmauer zu überklettern. Er hatte sich einigermaßen zivilistisch hergerichtet und nur den blauen Uniformrock behalten, den ohnehin viele ehemalige Soldaten im Zivilleben trugen, und so verließ er, mit einiger Wegzehrung und allem Geld versehen, das er besaß, zur dunkelsten Stunde der Nacht das Haus. Es war alles gründlich bedacht, die Stelle gut gewählt, doch das Glück war ihm nicht hold. Allzu ungeduldig Rieke zu folgen, hatte er die Festigkeit der Strickleiter nicht genügend erprobt, und als er sich eben auf halbem Wege zur Mauerkrone befand, riß eine schon zerschlissene Sprosse unter seinem Gewicht, und das Gepolter seines Sturzes lockte zwei patrouillierende Soldaten des wachhabenden Füsilierbataillons zum Ort des Geschehens.

Die Folgen waren vorauszusehen, da es am versuchten Delikt nichts zu deuteln gab: Spießrutenlauf, auf öffentlichem Exerzierplatz unter Trommelgewirbel zu vollstrecken. Zuchthaus oder Stockhaus hätte ihn ehrlos und damit zu weiterem militärischen Dienst untauglich gemacht. Das aber wäre dem sparsamen König in Anbetracht seiner soldatischen Qualität und des in seine Ausbildung investierten Aufwands an Zeit und Geld als unstatthafte Verschwendung erschienen. Die Traktierung seines widerstandsfähigen breiten Rükkens mit Weidenruten hingegen würde ohne nennenswerte Folgen bleiben, es seien denn die, denkzettelhaft nachzuwirken und ihn von weiteren Insubordinationen abzuhalten.

Joost-Willem wurde also zweimal die Gasse auf und ab geprügelt, verbrachte eine Woche in der speziellen Pflege des Regimentsfeldschers im Garnisonslazarett, wobei das Unerfreulichste war, daß er ständig auf dem Bauch liegen mußte und sich nicht kratzen durfte, wenn ihn die vernarbenden Wunden juckten. Und als er wieder zum Dienst antrat, wurde ihm unter der Hand zugetragen, daß die aus Glienicke zurückgekehrte Rieke behördlicherseits zur Hebung ihrer Sittlichkeit der strengen Obhut einer Feldwebelswitwe überantwortet worden sei und deren Haus nicht verlassen dürfe.

Dafür übernahm es auf höhere Weisung zweifellos sein Korporal, ihn nacheinander mit einigen strammgewachsenen Bauerndirnen zu verkuppeln, die zum Wollespinnen für die königliche Manufaktur in die Stadt gekommen waren. Aber so sehr sie sich auch vor ihm spreizten, ihre Hüften schwenkten und mit ihren drallen Busen paradierten, ihm blieb immer nur Riekes Bild vor Augen, und die Erinnerung an ihre flinke Zierlichkeit ließ ihn all die freizügig gebotenen deftigen Verlockungen standhaft übersehen. Sie mochten zwar so ganz nett sein, besonders wenn sie zwei oder drei Gläser Weißbier getrunken hatten und mit ihren Röcken wedelten, als sei es ihnen zu heiß darunter, aber dennoch ließ er sich auf so billige Weise seine Gefühle nicht abkaufen. Rieke allein war es, nach der er verlangte, koste es, was es wolle. Nur wie er es anstellen sollte, davon hatte er einstweilen keinen Schimmer.

Es schimmerte ihm mählich, während er sich in seinem neuen Quartier einlebte, das er mit drei unbeweibten und zu gegenseitiger Versorgung einen gemeinsamen Haushalt führenden Grenadieren teilte. Alle drei waren Beutepreußen wie er — zwei Schotten und ein einstiger protestantischer Pfarramtskandidat aus dem herzoglichen Württemberg —, und allen dreien war, wie sie dem durch die Spießruten gegangenen Neuling bald anvertrauten, der heimliche Wunsch gemeinsam, dem Drill zu entfliehen und in ihre Heimat zurückzukehren, falls es sich mit einiger Aussicht auf Erfolg bewerkstelligen ließe.

Mit Joost-Willem hatten sie einen schon durch bittere Erfahrung gewitzten Helfer, zugleich aber auch ein zusätzliches Hemmnis gefunden, denn Potsdam ohne Rieke verlassen wollte er auf gar keinen Fall.

Mit Rieke oder gar nicht — und mit Rieke mußte man sich erst in Verbindung setzen, um sie in ihre Pläne einzuweihen. Aber in was für Pläne überhaupt? Konnte man ihr einen nächtlichen Gewaltmarsch durch Dick und Dünn, ohne Weg und Steg zumuten? Denn falls die Alarmkanone gezündet würde, womit sie jedenfalls rechnen mußten, würden Kavalleriepatrouillen sofort die ganze Umgebung durchstreifen.

Was das Konvivchen aus dem allabendlich hinter verschlossenen Türen und verhängten Fenstern beratschlagten Hin und Her der erwogenen und wieder verworfenen Möglichkeiten erlöste und Joost-Willem zu einer tollkühnen, aber gerade dadurch erfolgversprechenden Idee inspirierte, war das in der Stadt umlaufende Gerücht, daß einige Pestfälle festgestellt worden seien, und die dadurch ausgelöste Erinnerung an seine eigene Entführung. Warum, fragte er sich, sollten sie nicht mit der gleichen makabren, abergläubische Furcht heraufbeschwörenden Maskerade, mit Hilfe derer man ihn damals unbehelligt aus Rentum herausgeschafft hatte, diesmal zu eigenem Nutzen die Torwachen an der Nase herumführen? Pesttote brachte man vorzugsweise zu nächtlicher Stunde aus der Stadt, um Panik zu verhüten, und das Wort »Pest« allein würde genügen, die Wachen von Kontrollmaßnahmen abzuhalten. Es kam nur darauf an, die nötige Ausstaffierung samt Sarg und Karren zu besorgen und den Auftritt überzeugend zu gestalten.

Mit den Vorbereitungen wurde sofort begonnen. Einer der Schotten, McPherson, arbeitete in seiner dienstfreien Zeit als Geselle beim Tischlermeister Augustat. Ihm oblag es zuweilen, Bauholz, Fenster- und Türstöcke auf Bauplätzen anzuliefern, und nicht selten brachte er Karren und Pferd abends in den Hof ihres Quartiers, um morgens sehr früh zur Stelle zu sein.

Es würde ihm auch nicht schwer fallen, ein paar zurechtgeschnittene und gehobelte Bretter beiseite zu bringen und einen Sarg zusammenzuzimmern, groß genug für Rieke, dem schwarze Farbe zur nötigen düster-abschreckenden Wirkung verhelfen würde. Alles andere war Kleinarbeit und zu schaffen. Innerhalb einer Woche hatten sie sich auf Schleichwegen passende schwarze Röcke besorgt, als Kopfbedeckungen konnten schwarze Musketierdreispitze dienen, von denen nur Tressen und Regimentspuschel abzutrennen waren, und den Geistlichen hatten sie in Gestalt des Württembergers ja bei der Hand. Er hatte seine Amtstracht behalten dürfen, weil er gelegentlich den offiziellen Seelsorger vertrat.

Nun kam es darauf an, Rieke aufs laufende zu bringen. Zuerst hatten sie den Pfarramtskandidaten damit betrauen wollen, der als Geistlicher noch am ehesten Einlaß ins Haus der Witwe finden würde, doch der ernsthafte junge Mann hatte sich nach eingehender Beratschlagung mit seinem Gewissen geweigert. Gegen Desertieren sei nichts einzuwenden, auch nicht unter Zuhilfenahme religiöser Insignien, da sie selbst widerrechtlich zu Soldaten gepreßt worden und zu diesem Akt der Notwehr berechtigt seien. Aber das geistliche Gewand zu einer weitergehenden Komödie womöglich leichtfertiger Art zu mißbrauchen verbiete ihm seine Auffassung von christlicher Moral. Selbst Joost-Willems feierliches Versprechen, sich nach gelungener Flucht bei erster Gelegenheit mit dem Mädchen von ihm trauen zu lassen, hatte seine moralischen Bedenken nicht zu mildern vermocht.

Also mußte Joost-Willem selbst es versuchen. Die Feldwebelswitwe war zwar längst über die erste und auch über die zweite Jugend hinaus, aber noch eben im Niemandsland zwischen den besten und den besseren Jahren, in denen eine zu früh von den Freuden der Liebe geschiedene, vital gebliebene Frau noch nicht alle verschwiegenen Hoffnungen begraben hat, und als auf dem Markt ein junger Mann sie liebenswürdig ansprach und sich erbot, ihre Einkäufe nach Hause zu tragen, die Last sei für eine Dame doch zu schwer, nahm sie nach kurzem mißtrauischem Zögern und einem allmählich an seiner breiten Brust und seinen kräftigen Schultern wohlgefällig sich erwärmenden Blick sein Angebot an. Falls, fügte sie hinzu, sie sich mit einem Gläschen Rum zu Hause erkenntlich zeigen dürfe.

Glas und Flasche brachte Rieke, und sie wären ihr vor Überraschung um ein Haar vom Tablett gerutscht, hätte ein schneller Blick Joost-Willems sie nicht gewarnt. So ging's mit einem »Tolpatschige Trine!« der Witwe an Riekes Adresse noch harmlos genug ab, und als er bald darauf mit dem Versprechen eines baldigen weiteren Besuchs Witwe und Haus verließ, gelang ihm glücklich, weswegen er gekommen war: Rieke unauffällig ein Briefchen zuzustecken.

Es wies sie an, sich zwei Tage darauf eine Stunde vor Mitternacht im Hof des Hauses einzufinden, mittels der Strickleiter, die er ihr von der Gasse aus zuwerfen würde, über die Mauer zu klettern und bei alledem sich mucksmäuschenstill zu verhalten, um die Hausherrin nicht zu wecken. Doch die Gefahr war nicht allzu groß, denn dank deren Mitteilungsfreudigkeit war er inzwischen zu der beruhigenden Überzeugung gelangt, daß man schon eine Kanone hätte abfeuern müssen, um ihren durch eine kleine Batterie abendlicher Rumgläschen erzeugten Tiefschlaf zu stören.

*

Wie geplant, ging es auch vonstatten. Rieke sank überglücklich in Joost-Willems Arme und hatte nur einige begreifliche Hemmungen zu überwinden, als sie danach im Quartier der Beutepreußen in den Sarg steigen sollte.

»Nee, so schnell nich!« protestierte sie erschrocken. »Erst will ich noch 'n bißchen was von dir und der Freiheit haben. In so einem Dinge liegt man ja hinterher lange genug!«

Als sie dann aber begriffen hatte, um was es ging, und auch die erneut sich meldenden Gewissensbedenken des Pfarramtskandidaten fürs erste ausgeräumt waren, ließ sie sich nicht länger bitten. Allerdings mußte Joost-Willem ihr zuvor die Luftlöcher zeigen und fest versprechen, sie rauszulassen, sobald man sie vom Tor aus nicht mehr beobachten könne. Und bevor er endlich den Deckel über ihr schloß, beugte er sich noch mal zu ihr hinunter und flüsterte feierlich beschwörend: »Denk dran, Rieke, du tust es aus Liebe zu mir, und wenn du wieder aus dem Sarg auferstehst, fängt unser beider Leben erst richtig an!«

Es war ihr alles andere als fröhlich zumute, aber ein bißchen Kicherlust flog ihr dennoch zu, weil sie Sinn fürs Komische hatte und weil es überhaupt und in seinem kehligen Hollanddeutsch noch besonders ungereimt klang, das mit dem Auferstehen aus dem Sarg. Und dann war der Karren unter ihr losgerollt, und zwischen dem Rädergerumpel hatte sie trostvoll die Schritte der andern gehört. Der Pfarramtskandidat mit einer trübe brennenden Funzel und einem schwarzen hölzernen Kreuz vorneweg, dann folgte McPherson, der den Karrengaul führte, und Joost-Willem kam mit dem zweiten Schotten hintennach. Es war ein schuddriger Anblick, dieser langsam durch die nachtdunklen, nachtleeren Gassen holpernde Zug, den das grausige Gespenst der Pestilenz umgeisterte, und so mußte es auch sein, wenn ihr Streich gelingen sollte.

Die Umstände halfen mit. Durchaus passend kündeten zwölf dumpfe Schläge von der vor kurzem vollendeten Garnisonkirche her den Anbruch der Geisterstunde, und der einzige Posten, der vor dem niedrigen Wachhaus zu sehen war, sah ihnen, aus dösender Ruhestellung aufgeschreckt, entsetzt entgegen und riß hastig den Schlagbaum hoch, als der Geistliche erklärte, hier werde ein Opfer der Pestilenz aus der Stadt geführt.

»Passiert! Passiert so schnell wie möglich!« stieß er hinter vorgehaltener Hand hervor, um nur ja keine Spur des Pesthauchs einzuatmen, der das Geleit umschweben mußte. Darauf zog er sich schleunigst ins Wachhaus zurück, um dem Andrang der Krankheitskeime mit einem kräftigen Schluck aus der Schnapsflasche zu begegnen.

Hatte einer von ihnen voreilig seine Erleichterung kundgetan? Waren sie jenseits des Schlagbaums etwa schneller ausgeschritten als zuvor, schneller, als es der traurige Anlaß erlaubte, oder woran lag es sonst, daß ein den Vorgang beobachtender ehrgeiziger Gefreitenkorporal Verdacht geschöpft hatte? Zwar war er seiner Sache nicht sicher genug, um gleich Alarm zu schlagen, aber er schlich hinter ihnen her, und hätte Joost-Willem außer anderen Tugenden nicht auch noch feine Ohren besessen, wäre es mit ihrer Flucht vielleicht schon jetzt zu Ende gewesen.

Vor der nächsten Wegbiegung, als sie die letzten Anwesen der Vorstadt kaum hinter sich hatten, raunte er dem neben ihm gehenden Schotten etwas zu, in der Biegung verloren sie sich ungesehen ins Dunkel, jeder zu seiner Seite des Wegs, und als der Verfolger ahnungslos die Stelle passierte, fühlte er sich unversehens von kräftigen Armen gepackt und spürte einen zwischen die Zähne gerammten Knebel, der ihn daran hinderte, seinem Verdruß hörbar Ausdruck zu geben.

Fünf Minuten später wurde der Inhalt des Sarges ausgetauscht. Rieke kam erleichtert heraus, der argwöhnische Junker hinein, nachdem man sich seines freien Atmens durch die Nase versichert und ihn vorsorglich noch fest verschnürt hatte, so daß er sich nicht auffällig bemerklich machen konnte, und fort ging's im Zuckeltrab, alle aufgesessen, denn bis zur sächsischen Grenze, jenseits derer keine Gefahr mehr bestand, waren es noch an die zwanzig Meilen.

Kaum überschritten — der Morgen graute bereits, wurde der Häftling befreit, Karren und Gaul wurden ihm großzügig übergeben und ein wenig Zehrgeld dazu, damit er im nächsten Gasthof ein Frühstück einnehmen und das Pferd füttern und tränken lassen könne. Sie schieden nicht in Unfrieden, denn immerhin blieb ihm der Rückmarsch zu Fuß erspart und als Trost der Gedanke, sich bei seinen Vorgesetzten durch die Tatsache rehabilitieren zu können, daß er den verfolgten Deserteuren wenigstens ihr Fluchtfahrzeug abgeknöpft hatte ...

Großvater Streubel schwieg.

Im letzten Licht, das von draußen hereinfiel, konnte sie ihn eben noch lächeln sehen. Es mußte ihm Vergnügen bereitet haben, diese preußische Romeo-und-Julia-Version einer so reizenden Zuhörerin zu erzählen, die noch dazu gleichfalls auf einen Streubel hereingefallen war.

Doch für Gretchen war die Geschichte noch nicht zu Ende. »Und was geschah mit den andern?« drängte sie.

»Den andern? Ja, richtig, aber da gibt's nicht mehr viel zu berichten.« Er goß den Rest Wein aus der Flasche in sein Glas, hob es unter den Schnauzbart und ließ genießerisch einen Schluck über die Zunge rollen. »Im nächsten Kirchdorf suchte der Pfarramtskandidat den Dorfpfarrer auf und bat ihn zwecks Erlösung aus seiner Gewissensnot, Rieke und Joost-Willem in den Stand der Ehe zu versetzen, was zu allseitiger Zufriedenheit auch alsbald geschah. Darauf trennten sie sich, die beiden Schotten wandten sich westwärts, um irgendwo das Meer und ihre Insel zu erreichen, der Kandidat nach Süden und die jungen Eheleute nach Osten. Dresden war ihr Ziel. Joost-Willem war ein geschickter Mann, und ums Jahr 1739 bereits findet sich am Hofe Kurfürst Friedrich Augusts II. von Sachsen und Königs von Polen ein Hofuhrmachermeister und Kunstmechanikus Joost-Willem Streubel verzeichnet. Es muß eine glückliche Ehe gewesen sein, da die tüchtige Rieke ihm zwei Töchter und sechs Söhne schenkte, von denen vier später als Uhr- und Büchsenmacher wieder nach Preußen gingen. Übrigens ohne besorgt sein zu müssen, von den Werbern des großen Friedrich kassiert zu werden wie ihr Papa von denen des Soldatenkönigs, denn Joost-Willems Kapitän hatte in diesem Punkt recht behalten: Kein einziger Sproß der ›Zwergin‹ erreichte auch nur annähernd Gardemaß. Und wie du siehst, hat sich Rieke auch bis in meine Generation durchgesetzt.«

Joost-Willems Porträt an der Wand gegenüber war in den tiefer gewordenen Abendschatten fast völlig versunken, doch als Großvater Streubel die Petroleumlampe mit dem weißlichen Glasschirm anzündete, überhuschte es mit dem warmen Licht fast ein Anschein von Leben. In den starr geradeaus blickenden dunklen Augen erwachte ein Lächeln, und trotz der straff gewickelten weißen Röllchenperücke unter den goldschimmernden Blechzieraten der Zuckerhutmütze war ihr, als sähe sie in dem nur volleren, derberen, kräftiger gefärbten Gesicht mit der gleichen länglichen Nase etwas Vertrautes, als wäre dieser Struybel mit »uy« ihrem eigenen mit »eu« gar nicht so fern. Und klopfenden Herzens, aber der Antwort in ihrem Innern schon so gut wie gewiß, fragte sie sich, ob der ihre wohl auch solch unwandelbarer Liebe fähig wäre wie dieser Vorfahr, ob er ihretwegen auch Spießrutenlaufen und Gefahr für Leib und Leben auf sich nähme. Und dann, ob auch sie wohl wie Rieke Liebe genug in sich habe, um es ihm zu danken. Es mußten ja nicht gleich acht Kinder sein!

Um in diesem zwar nicht unmittelbar, aber für die weitere Zukunft einigermaßen bedrängenden Punkt rechtzeitig Klarheit zu schaffen, brachte Gretchen die Frage gleich aufs Tapet, als sie Streubel vor dem Abendessen im Garten traf.

Nicht rundheraus natürlich, weil sie sie doch ein wenig genierlich fand, sondern mehr umwegig über die leisen und lauteren Zweifel, die Streubel an mancherlei Einzelheiten der großväterlichen Familienlegende äußerte, wenigstens soweit sie Joost-Willems Taten betraf.

Ihr wäre es lieber, meinte sie gewunden, wenn an gewissen, leider verbürgten Leistungen Riekes Zweifel erlaubt seien, die es ihr schwer machten, sie sich in allen Stücken zum Vorbild zu nehmen.

»Vielleicht sind sie erlaubt. Vielleicht stimmt's mit denen auch nicht so ganz«, gab Streubel hilfsbereit zu bedenken.

Gretchen schüttelte halb kokett, halb bekümmert den Kopf. »Glaub' ich nicht. Damals hat es wie heute Kirchenbücher gegeben, in denen sie nicht nur Trauungen, sondern auch Taufen vermerkten.«

»Ach so!« sagte er. Sie sah ihn grienen und war froh, daß ihm das Dämmerdunkel ihr Erröten verbarg. Und da Henriette sie von der Veranda her gerade zum Abendessen rief, rief er zurück, sie kämen gleich. Und dann beugte er sich zu ihr hinunter, ließ seine Lippen zärtlich über ihren Hals gleiten, atmete den frischen Duft ihres Haars und murmelte heiter: »Meinst du nicht, daß du dir ein bißchen früh den Kopf darüber zerbrichst? Aber wenn's dich beruhigt: Die Hälfte tut's auch!«

Achtes Kapitel

Glühwürmchen, Glühwürmchen, flimmre, flimmre ...

Mit der Hälfte begnügten sie sich dann auch, und Riekes Rekord blieb unerreicht. Streubel, der damit für uns zu »Vater« geworden war, meinte, ein Hofuhrmachermeister und Kunstmechanikus Friedrich Augusts II. habe sich vermutlich in puncto Honorierung damals besser gestanden als ein aus der praktischen Wirtschaft wieder zu Lehre und Forschung umgesattelter Privatdozent und bald auch Professor an der Leipziger Uni. Ihm jedenfalls genüge es vollauf, vier gefräßige Kanaken hochzupäppeln; bei achten wäre für Mutter und ihn nur trocken Brot als dürftige Nahrungsbasis übriggeblieben.

Übrigens war Großvater mit der Umsattelei höchst unzufrieden gewesen — eine Bank sei was Reelles, hatte er optimistisch gepredigt, was man von der Wissenschaft nicht immer behaupten könne —, und erst Vaters frühe Bestallung zum Professor ließ ihn von düsteren Prophezeiungen absehen, die gewöhnlich in der Bemerkung gipfelten, wenn er je einen Animus von solchen Plänen gehabt hätte, hätte er Gretchen nie aus dem Haus gehen lassen, und wenn Streubel auf den Knien vor ihm rumgerutscht wäre.

Aber bevor all das einschließlich des vierfachen Nachwuchses Wirklichkeit werden konnte, mußte natürlich erst geheiratet werden. Unter allerlei fadenscheinigen Vorwänden verschob Großvater zwar zweimal den Termin von Ostern auf Weihnachten und dann wieder von Weihnachten auf Ostern, aber dann mußte er schließlich doch in den sauren Apfel beißen. Das Grollen der Empörung im Schoße der Familie war allzu unüberhörbar geworden.

Am liebsten hätte er die Angelegenheit aus Sparsamkeitsgründen im engsten Familienkreis abgemacht, wenn Großmutter und Gretchen nicht dagegen gewesen wären, Großmutter aus Gründen der Reputierlichkeit und Gretchen zuliebe, und Gretchen, weil sie ihr rauschendes Fest haben wollte. Man heiratete ja nur einmal im Leben, und alle, Verwandte, Freunde und Bekannte, sollten an ihrer Freude teilhaben, allen wollte sie sich in ihrem jungen Glück zeigen.

Zu Hause ging's also nicht, und Großvater mußte sich wohl oder übel zu Pinkernelles Gasthof bequemen, um sich des Festsaals zu versichern, das Menü zu besprechen und Zimmer für die Gäste zu bestellen, die erst am nächsten Morgen nach Hause fahren und nicht wie besonders nahe Verwandte in der Wohnung untergebracht werden konnten.

Speziell dagegen hatte Großvater energisch protestiert. »Wozu denn das? Die Trauung ist mittags. Hinterher gehen wir bei Pinkernelle zu Tisch, und mehr als zwei, drei Stunden werden wir doch nicht tafeln! Da hat doch jeder noch reichlich Gelegenheit, nach Hause zu fahren!«

»Und wann wird getanzt?« fiel Gretchen entrüstet ein.

»Getanzt?« Großvater zog erstaunt die Augenbrauen in die Stirn, als habe er von derlei Extravaganzen noch nie gehört. »Haben wir vielleicht bei unserer Hochzeit getanzt?« wandte er sich an Großmutter und zwinkerte ihr dringlich zu.

»Und wenn du noch so zwinkerst«, sagte sie fest, »wir haben getanzt, und nicht zu knapp! Wär' ja auch noch schöner gewesen! Und bei Gretchens Hochzeit wird auch getanzt! Du kannst Gäste, die mit Geschenken ankommen, nicht gleich nach Kompott und Käse nach Hause schicken!«

Die Geschenke hatte Großvater nicht bedacht. Vermutlich würde jede Menge Mumpitz in doppelter und dreifacher Auflage angeschleppt, aber das eine oder andere Wertvolle wäre sicherlich auch dabei, und deren Spender hatten Anspruch darauf, ihre Auslagen in Vergnüglichkeit zurückzuerhalten. Weniger wäre schäbig gewesen, auch wenn das hieß, daß er Pinkernelle für die Zimmer viel in den Rachen stopfen und zusätzlich noch mindestens drei Mann der Feuerwehrkapelle bestellen mußte, Leute, die bei solchen Gelegenheiten immer beträchtlichen Durst entwickelten und sich mit Bier allein nicht abspeisen ließen.

Immerhin fand er langsam Spaß an der Sache, und als er an dem großen Tag am oberen Ende der mit Blumen üppig bestellten Hufeisentafel saß und seinen Blick wohlgefällig über die Schar seiner fröhlich schmausenden Gäste schweifen ließ — auch der Amtsrichter und Henriette waren darunter, nur Großvater Streubel hatte die Reise für seine Jahre zu strapaziös gefunden —, neigte er sein Piratenprofil zu Großmutter, die in raschliger grauer Seide neben ihm thronte, und sagte: »Na, Lene, gib's zu! Das hab' ich doch wirklich gut gemacht.«

Großmutter nickte lächelnd. »Hast du«, bestätigte sie und fügte, um seine Selbstgefälligkeit nicht allzu sehr himmelwärts wuchern zu lassen, hinzu: ». . . nachdem wir dich wer weiß wie haben dremmeln müssen.«

Der glückliche Umstand, daß Oskar Grotjahn in diesem Moment sein Glas grüßend hob und ihnen zutrank, erlaubte ihm, so zu tun, als hätte er ihren kritischen Nachsatz nicht vernommen. Seine wolkenlose Stimmung blieb erhalten, nur leicht von Reminiszenzen getrübt, die die verstaubten Topfpalmen zwischen den Fenstern und die Krieger- und Kegelvereinsfahnen an den Wänden des Saals in ihm weckten.

»Das Grünzeug gibt's wirklich noch«, sagte er zu Großmutter. »Das und die Fahnen waren damals schon da, als Gretchen hier ihre erste Tanzstunde samt Anstandsunterricht bei dieser komischen alten Scharteke hatte . . . wie hieß sie denn noch?«

»Fräulein Gnesewitz«, half Großmutter nach.

»Richtig«, murmelte er melancholisch. »Damals hat sie angefangen, mit feinen Redensarten um sich zu schmeißen und beim Kaffeetrinken den kleinen Finger abzuspreizen. Man konnte richtig Angst kriegen, daß sie ihn sich auskugeln würde. Weißt du noch?«

»Na, und ob!« nickte Großmutter vergnügt. »Und du warst ärgerlich auf die Jungen, mit denen sie tanzte, und hast immer versucht, sie ihr madig zu machen.«

Großvater entfuhr ein abgrundtiefer Seufzer. »Tscha, damals . . . damals ging's noch, aber heute . . .? Jetzt schwebt sie mit diesem Jüngling da ab, und wir können bloß Winke-Winke machen und so tun, als ob wir uns auch noch freuten.«

Er starrte sie verdutzt an, weil sie belustigt in ihr Taschentuch prustete. »Ach, Krüger«, wisperte sie, »von Zuckerfabrizieren verstehst du was, aber das ist auch alles! Das ist nun mal so! Wär's dir vielleicht lieber, sie säße ewig bei uns rum, bis sie eine alte Scharteke wie die Gnesewitz würde? Na also! Dann tu nicht nur so, sondern freu dich wirklich, wenn sie glücklich ist!«

Und Gretchen war glücklich, überglücklich, man sah es ihr an. Die Speisung war beendet, die drei bestellten Musikanten hatten in einer Ecke des Saals mit der Bearbeitung von Klavier, Geige und Klarinette begonnen, und das Brautpaar, zur Ehrenrunde gebeten, drehte sich im Walzerschwung, Gretchen ganz in duftigem Weiß, mit wehendem Schleier und Myrten im Haar einer Elfenprinzessin ähnlicher als einem irdischen Wesen, und wenn Streubels hochzeitliche Wonnegefühle nicht ganz die gleiche Höhe erreichten, lag es hauptsächlich an den ein wenig zu engen, von Männe aus Ersparnisgründen gepumpten Stiefeletten, denn Frack und Zubehör waren schon recht teuer gewesen.

Aber nicht das allein war es, was ihn sich danach sehnen ließ, endlich dieser Festivität zu entrinnen. Er hatte lange genug auf sie gewartet, von Ostern bis Weihnachten und wieder zurück, von der endlosen Zeit vorher gar nicht zu reden, und er wollte endlich allein mit ihr sein, wollte wenigstens den letzten Zug nach Wernigerode erwischen, wo ihre neue Wohnung auf sie wartete. Doch die, auf die es ankam, wollte nicht. »Ich kann so schnell nicht weg«, flüsterte Gretchen ihm beschwichtigend während des Tanzes zu. »Sieh mal, Vater hat es so gut gemeint und soviel Geld für unser Fest ausgegeben, da können wir doch nicht einfach verschwinden! Und denk doch an die andern . . .«

»Vater . . . die andern . . . und was ist mit mir?« hatte er grämlich protestiert, während er zugleich versuchte, für die Umwelt ein leicht verkrampftes glückseliges Bräutigamslächeln beizubehalten.

»Mit dir?« Sie drängte sich einen Moment ganz dicht an ihn heran, so daß er unter Tüll und schimmernder Seide die Wärme ihres jungen Körpers zu spüren vermeinte. »Du hast mich doch das ganze Leben. Da kommt's doch auf die paar Stündchen nicht an.« Und der Nachsatz verriet dann ein bißchen mehr: »Außerdem tanz' ich doch so gern!«

Ja, sie tanzte gern, und wer hätte es ihr bei dieser Gelegenheit auch mißgönnen wollen? Sie genoß es, mit Streubel die Hauptperson des Abends zu sein, Glückwünsche und bewundernde Komplimente zu hören, aber vor allem genoß sie es, wie von der Musik getragen dahinzuschweben, von einem Arm in den andern zu fliegen. Und es waren auch mehr als genug bereitwillige Anwärter fürs Fliegen und Schweben da: ein ganzer Schwarm von Männe angeführter junger Herren, Streubel natürlich und ein paar ältere Semester dazu, Onkel Julius zum Beispiel, der ihr zuraunte, er sei eben im besten Zuge, eine Wiege zu erfinden, die mittels eines mit ihr gekoppelten Phonographen Schlafliedchen zu Gehör zu bringen vermöge, wenn man sie in Bewegung setze. Falls sie noch ein Weilchen mit dem Kindersegen warte, bis die letzten technischen Probleme bewältigt seien, werde er ihr für den ersten Sprößling ein solches Wunderwerk schenken.

Gretchen bedankte sich für die gute Absicht, nur seien bei ihr technische Probleme nicht zu beheben, weshalb sie, was das Warten betreffe, leider nichts versprechen könne . . .

*

Doch alles geht einmal zu Ende, auch das schönste Hochzeitsfest, auch der längste Tanz. Streubel sah diesem Ende mit hochgespannten Gefühlen entgegen. Der Schuhe wegen, aber vor allem, weil er es satt hatte, Gretchen mit all diesen Leuten zu teilen. Nun, da sich die Mehrzahl der im Ort wohnenden älteren Gäste schon davongemacht hatte, mit letzten Segenswünschen und der Versicherung, nie eine reichlichere Hochzeit erlebt zu haben, und auch der aufgefahrene Sekt die müden Geister nicht mehr so recht in Schwung zu halten vermochte, sah er endlich den Augenblick nahen, in dem ihm der süße Lohn für sein geduldiges Harren zuteil werden würde. Mit Gretchen allein! Natürlich, sie hatten sich ein ganzes Leben, Gretchen hatte ja recht, doch dieses allererste Mal war eben ein ganz besonderes Fest!

Einmal jedoch, ein letztes Mal wollte Gretchen noch tanzen, mit ihm, und die Musikanten sollten Linckes »Glühwürmchen« spielen.

»Aber wirklich nur einmal«, hörte er Großmutter mahnen, die sich schon halb im Aufbruch befand. »Du weißt doch, Tante Hedwig ist schon gegangen, und allzu lange kannst du sie nicht warten lassen.«

Er hatte nur halb hingehört, aber dann schnappte es bei ihm ein. »Was hat denn Tante Hedwig damit zu tun?« forschte er mißtrauisch, als sie im »Glühwürmchen«-Takt entschwebten.

»Ach, ich schlaf' doch auf dem Sofa bei ihr.«

Es war nur so hingesagt wie längst Bekanntes, aber es schlug wie ein mittlerer Blitz bei ihm ein. Es war ein wahres Wunder, daß seine Beine sich weiter flott im Takte bewegten, während er keines Wortes mehr fähig schien.

»Und ... und ich?« fragte er endlich.

»Du natürlich nicht. Das ginge doch nicht ...« Die Vorstellung erheiterte sie unmäßig, aber dann fiel ihr seine jäh auf den Nullpunkt gesunkene Stimmung auf, und sie begriff. »Hat dir denn Mutter nichts gesagt?« flüsterte sie bestürzt.

»In meinem Zimmer sind nämlich Grotjahns einquartiert, und du sollst mit Männe oben in der Kammer schlafen ...« Und ganz schnell fügte sie wie tröstend noch leiser hinzu: »Und außerdem ... weißt du, ich hätte mich morgen zu sehr geniert, wenn wir unter Vaters Dach ... und überhaupt wird's morgen viel schöner werden, weil wir dann wirklich allein für uns sind!«

Eben noch hatte er seine Stimme zu schmerzlichem Protest ob des ihm zugefügten bitteren Unrechts erheben, hatte auf der Stelle fordern wollen, was ihm rechtens nun zustand, aber dann ließ er's, von der Zärtlichkeit ihrer Worte durchdrungen, dabei bewenden. Was war ein weiterer Tag gegen ein ganzes Leben!

»Na schön«, murmelte er. »Wenn's nur nicht wieder bis Weihnachten dauert!«

Als er später schon nah am Einschlafen in der als Gästezimmer notdürftig hergerichteten Bodenkammer lag, zwei Stockwerke über Gretchen, die vermutlich im Traum noch tanzte, hörte er Männe durchs Dunkel von der Wand gegenüber sagen: »Na, nun hast du's ja geschafft. Tut mir leid, daß du in deiner Hochzeitsnacht mit mir vorliebnehmen mußt.«

»Wenn's nur das ist«, erwiderte Streubel gähnend und spreizte genußvoll die Zehen unter der Decke. »Die Hauptsache ist, ich bin deine Schuhe los.«

Neuntes Kapitel

Hat der Mensch Töne?

Übrigens — Kinder gab's im Familienalbum auch eine Menge. Größere, kleinere Jungen in Matrosenanzügen, dunkelblauen oder weißen für sonntags oder den Gang zum Photographen, Mädchen in steifgestärkten hellen Kleidern, unter denen Spitzenunterröcke neckisch hervorlugten, und natürlich die ganz kleinen, die, bäuchlings wie Padden auf Eisbärfellen, mit grämlichen Mienen ihre rundlichen Hinterteile präsentierten. Besonders die letzteren sahen alle gleich aus, und es wunderte uns mächtig, daß Mutter sie richtig auseinanderhalten und bei Namen nennen konnte.

Am meisten überraschte es uns aber, als Mutter einmal auf ein paar dieser blanken Hinterbäckchen wies und uns erklärte, daß sie unserem Onkel August gehörten. Wir hatten ihn von seinem letzten Besuch her ganz anders in Erinnerung, und es fiel uns schwer, seine knickebeinige, dürre, stets in verschossenes Schwarz gehüllte Gestalt samt dem kahlen Papageienschädel oben drauf mit diesem prallen Nackedei in Verbindung zu bringen. So blieb dieser erste Einblick in die Vergänglichkeit des Daseins zum Glück ohne deprimierende Nachwirkungen auf unsere noch kindlich frohen Gemüter.

Abgesehen von seinem wenig verführerischen Äußeren war Onkel August auch noch ein Geizkragen und Schnorrer ohnegleichen. Wenn er aus Bockswalde, einem Dorf im Niederschlesischen, in dem er eine kleine Landwirtschaft und einen Kramladen betrieb, zu seinen spärlichen Verwandtenbesuchen nach Berlin aufbrach, bei jedem Wetter in seinen ältlichen schwarzen Bratenrock eingeknöpft, der ihm wie der schwarze steife Hut für solchen Anlaß unerläßlich schien, tat er das auf einem Fahrrad, das seine besseren Tage längst hinter sich hatte und nur noch durch ein wahres Wunder zusammenhielt, und natürlich allein. Per Fahrrad, um die Eisenbahnkarte zu sparen und in einem Aufwasch auch gleich Verwandtschaft in Jüterbog und Luckenwalde heimzusuchen, bei der er kostenlos nächtigen und sich verköstigen konnte und noch ein tüchtiges Stullenpaket für die Weiterfahrt mitbekam. Und allein, weil er fürchtete, Tante Martha, seiner Frau, hin und wieder doch eine stärkende Erfrischung spendieren zu müssen, falls sie sich auf eine solche Strapaze einließe. Von etwa während ihres Stadtaufenthalts beim Schaufenstergucken aufkeimenden Wünschen ganz zu schweigen. »Außerdem«, pflegte er ihr Nichterscheinen zu rechtfertigen, »muß ja jemand zu Hause das Viehzeug füttern und den Laden offenhalten. Minchen«, das war seine Tochter Wilhelmine, »is ja willig, nur is se schwach in Kopfrechnen. Wenn se sich wenigstens in unsere Tasche verrechnen würde, aber nee . . .!« Ein tiefer Seufzer kündete von nicht ganz ungetrübtem Vaterglück.

Nach Vaters Überzeugung gab es außer dem verständlichen Wunsch, sich eine Woche lang gratis und franko bei der Verwandtschaft durchzufuttern, noch einen anderen Grund für seine gelegentlichen Besuche.

»Der hat bloß Angst, wir kämen zu ihm, wenn er nicht käme«, hörten wir ihn eines Tages zu Mutter sagen. »Er überschätzt unsere verwandtschaftlichen Gefühle gewaltig, aber sein Gesicht möcht' ich schon sehen, wenn ich ihm schriebe, daß wir in voller Familienstärke für acht Tage bei ihm anrücken würden. Ich glaube, der bekäme glatt einen Schlaganfall!«

Von Mutter war nur ein rasch unterdrücktes Kichern zu hören, dann wurde die Tür aus pädagogischen Gründen eilends zugeschoben, und wir blieben vom weiteren Verlauf des Gesprächs ausgeschlossen.

Zu vermuten, daß verwandtschaftliche Sehnsucht nach Onkel August Vater schließlich doch noch überwältigt hatte, als er eines Tages beschloß, sich mit Mutter und zweien von uns nach Bockswalde aufzumachen, wäre schlicht übertrieben gewesen. Er wollte bloß zur Kur ins Erzgebirge und uns unterwegs die Gefilde seiner Jugend zeigen. Er war in Guteborn ganz in der Nähe von Bockswalde aufgewachsen und hatte uns oft von den weiten Feldern und tiefen Wäldern erzählt, in denen er stundenlang herumgestreift war, bevor sich die Abraumhalden und Kippen des Braunkohlentagebaus in ihnen breitgemacht hatten.

Um der Gefahr eines Schlaganfalls vorzubeugen, hatte er gleich geschrieben, daß Mutter und er im Gasthof absteigen und sich auch dort beköstigen würden. Um ihn aber nicht ganz zu enttäuschen und sicher gern gebotener Gastfreundschaft zu entheben, sollten die beiden Jungen, Dreas und Thomas, bei ihm wohnen, denen er sicherlich eine Dachkammer einräumen könne.

Eine Dachkammer war's denn auch, zu der uns Onkel August persönlich über eine steile, bedenklich krachende hölzerne Stiege hinaufführte. Für den Empfang hatte er die schlottrige schwarze, an den Ellbogen mit Stofflicken versehene Wolljacke, die er sonst immer trug, mit dem altbekannten Bratenrock vertauscht, und seinen dürren Hals zierte nicht das übliche Kragenknöpfchen, sondern ein frisch geweißter Gummikragen mit einer »gemauerten«, hinten am Hals festzuschnallenden schwarzen Krawatte. Er wußte schließlich, was er seiner städtischen Verwandtschaft schuldig war.

Oben auf einer Art schummrigen, nach Staub, trockenem Holz und allen möglichen undefinierbaren Dingen riechenden Vorplatzes angelangt, öffnete er eine von drei Türen und ließ uns in eine schmale Kammer mit einem kleinen Fenster am anderen Ende, einem richtigen Bett auf der einen Seite und einem notdürftig als Bett hergerichteten Kanapee auf der anderen sehen. Dazwischen war Platz genug, zum Fenster und dem unter ihm stehenden Nachttisch vorzudringen, in dessen offenem unteren Fach ein stattlicher, anheimelnd geblümter Nachttopf prangte.

»So, das wär' nu eure Schlafkemenate«, sagte Onkel August, hörbar von der Annehmlichkeit des Gebotenen durchdrungen. »Sonst is das Minchens Stube, aber die is nich verwöhnt und kann für die paar Tage ruhig im Verschlag da schlafen.« Er nickte zur Tür nebenan hinüber. Dann wies er auf die dritte Tür, der unsrigen gerade gegenüber, gleich neben der Treppe, eine richtige Bodentür aus rohen Brettern mit Vorhängeschloß und Riegel. »Und da drinne«, sagte er und sah uns nacheinander scharf an, »da drinne habt ihr ein für allemal nischt zu suchen, verstanden?« Er war schon unterwegs nach unten, als ihm noch etwas einfiel: »Ja, richtig, Licht is da oben natürlich nich. Kerzen auch nich wegen Brandgefahr. Ihr werdet schon im Dustern in die Betten finden. Und waschen könnt ihr euch in der Küche unten oder auch an der Pumpe im Hof. So, und nu macht's euch erst mal 'n bißchen gemütlich.«

Damit entschwand sein kahler Schädel mit den paar Büscheln gesträubten grauen Schläfenhaars, dem struppigen Schnauzbart und der Nickelbrille auf der Papageiennase endgültig abwärts.

Mit dem Gemütlich-Machen war's nicht weit her. Von Behaglichkeit war in dem engen, kahlen, von Minchen offenbar nur zum Schlafen benutzten Kabuff keine Spur zu entdekken, und die außer den Lagerstätten einzig sichtbare Kommodität, der geblümte Nachttopf, verhieß allenfalls, daß man wenigstens nachts nicht jeder Kleinigkeit wegen zu der mit einem ausgesägten Herz in der Tür geschmückten kleinen Bretterklause unter den Apfelbäumen im Garten runterpilgern mußte.

Ein paar Augenblicke saßen wir tatenlos und ziemlich trübselig nebeneinander auf dem Bettrand und hörten von unten aus der guten Stube Vaters und Mutters gedämpft-vertraute Stimmen, Minchens Gekicher und Tante Marthas rauh dazwischenfahrende rustikale Töne; nur von Onkel August, der für gewöhnlich zu allem seinen Senf dazugeben mußte, hörten wir nichts. Und Dreas sagte ahnungsvoll: »Der redet sicher nicht, weil er den Mund voll hat. Wahrscheinlich hat er uns jetzt bloß hier raufgeschleppt, damit er den Marmorkuchen allein futtern kann. Komm, gehen wir schnell runter, sonst kriegen wir bestimmt nichts mehr ab.«

Wir fielen beinah übereinander, so rasch wollten wir gleichzeitig aus dem Engpaß zwischen Bett und Kanapee raus, denn Tante Marthas Marmorkuchen auf dem Tisch in der guten Stube war überaus appetitlich anzusehen gewesen, und der endlosen Bummelzugfahrt verdankten wir einen mächtig knurrenden Magen; doch bevor wir mit Caracho die Stiege runterpolterten, blieb Dreas vor der verschlossenen Bodentür noch einmal stehen, versuchte, zwischen den Latten durch ins schummrige Innere zu spähen, und murmelte träumerisch: »Ich möcht' nur wissen, warum wir da nicht rein sollen. Aber ...«, und dann sah er aus seiner zwölfjährigen Höhe auf meine noch ein bißchen pummligen acht Jahre herab und fuhr grienend fort: »... das kriegen wir schon noch raus. Wär' ja gelacht!«

Ich nickte begeistert. Dreas war zwar in der Schule nicht gerade zu dem leuchtenden Vorbild gediehen, das sich Vater von seinem Erstgeborenen hoffnungsvoll versprochen hatte, dafür war er immer vorneweg, wenn's irgendwo was auszufressen gab, und wer dabei mittat, konnte aufregender Abenteuer sicher sein.

Aber in den nächsten Tagen gab es soviel Neues, wenigstens für uns Stadtjungen Neues, zu sehen, daß wir an die verschlossene Bodentür nicht mehr dachten: die drei Kühe, die Kaninchen und das Schwein im Stall, die Ponies beim Nachbarn, auf denen wir manchmal sogar reiten durften, und natürlich die langen Spaziergänge mit Vater, bei denen er uns erzählte, wie er als Junge hier herumgestromert war und Bekanntschaft mit allem, was da kreuchte und fleuchte, geschlossen hatte.

Wie er da so unternehmungslustig zwischen uns beiden ging, ohne Spazierstock, die Jacke überm Arm, die Weste aufgeknöpft und den Kragen samt Krawatte der Wärme wegen gelockert, kam er uns trotz der ihm in den letzten Jahren zugewachsenen, nicht ganz unbeträchtlichen Leibesfülle, der goldenen Brille und der Geheimratsecken gar nicht wie der Professor vor, der er war, oder der um Würde bemühte Familienvorstand, der zu Ostern stirnrunzelnd unsere Zeugnisse und allwöchentlich kopfschüttelnd unsere Taschengeldabrechnungen musterte, sondern wie ein um eine Kleinigkeit älterer Kumpel, von dem man noch allerlei an munteren Streichen erwarten konnte.

Das, was er uns beim Gehen erzählte, trug natürlich dazu bei, dieser jugendlichen Gestalt Farbe und Umriß zu geben. Da hinten vor dem Waldrand beim Torfabstich, zum Beispiel, den es heute noch gab, hatte er mal, weil er so gerne kokelte, einen der zum Trocknen aufgeschichteten Torfstapel angezündet. Er hatte sich bestimmt nichts Böses dabei gedacht, bloß ein Streichholz drangehalten, weil er wissen wollte, wie das Zeug brannte ...

An dieser Stelle unterbrach er sich, um uns ausdrücklich auf den sozusagen wissenschaftlichen Charakter dieses Unternehmens hinzuweisen. Er sei eben schon in jugendlichem Alter, in dem andere nur an Dummheiten dächten, vom Forscherdrang besessen gewesen. Ja, und dann habe der Torf auf überraschend schnelle, völlig unübersichtliche, hinterlistige Weise zu schwelen und zu glimmen und hier und da schließlich auch in hellen Flammen zu brennen begonnen, so daß er den Haufen auseinanderreißen mußte, um ein Übergreifen auf die Nachbarhaufen zu verhüten. Zum Schluß habe er sich auch noch ein paar saftige Maulschellen von dem dazugekommenen Torfstecher und hinterher auch noch von seiner Mutter eingehandelt, weil seine Hose Brandflecke aufwies.

»Warum hast du ihr denn nicht gesagt, daß du bloß was

ausforschen wolltest?« erkundigten wir uns wißbegierig.

»Hätte auch nichts genutzt«, erwiderte Vater. »Hose bleibt Hose, das hat mit Wissenschaft nichts zu tun, und die hatte ich gerade erst neu bekommen.« Ein paar Schritte lang ließ er die erzieherischen Konsequenzen seines Torfabenteuers in uns einsickern, dann wies er erfreut auf eine Stelle, wo ein Stück Kartoffelacker an den Waldrand stieß. »Und da«, sagte er, »haben wir immer Kartoffelfeuer gemacht!«

»Auch von wegen Wissenschaft?« fragte Dreas.

»Nee«, gestand Vater, »mehr von wegen gebratener Kartoffeln.«

In seinen grauen Augen hinter den Brillengläsern glänzte es erinnerungsfroh auf. »Ihr Stadtjungen könnt euch gar nicht vorstellen, wie großartig die schmecken! Einfach so, wie sie sind, ins Feuer geschmissen und wieder rausgeholt, wenn die Schalen schrumplig und schwärzlich sind und die Dinger so heiß, daß du sie kaum anfassen kannst. Und dann mit den Fingern die Schale runter und ... Was machst du denn da?«

Dreas war plötzlich zum Waldsaum gestartet und las Holz vom Boden auf. »Siehste doch!« gab er geschäftig Aufklärung. »Trockene Zweige zum Kartoffelbraten. Kartoffeln gibt's da jede Menge —«, er wies zum Acker hinüber, »— und Streichhölzer hab' ich auch dabei!«

»Ausgeschlossen!« sagte Vater fest. »Erstens gehören die Kartoffeln nicht uns, und zweitens macht man bei so trockenem Wetter im Freien kein Feuer.«

Dreas ließ sich im Sammeln nicht stören. »Damals haben euch die Kartoffeln bestimmt auch nicht gehört, und als ihr Feuer gemacht habt, war es auch trocken, sonst hättet ihr's nämlich gar nicht in Gang gekriegt.«

Unter anderen Umständen hätte Vater dieses Exempel praktisch-logischen Denkens mit einem Lob versehen, aber diesmal ärgerte es ihn. »Ich hab' euch gesagt, es kommt nicht in Frage, und dabei bleibt's! Außerdem habt ihr erst vor zwei

Stunden zu Mittag gegessen!«

Dreas ließ ein höhnisches Gelächter vernehmen. »Kohlrübengemüse! Die Klopse hat Onkel August allein gegessen. Er hat gesagt, zuviel Fleisch wär' nicht gut für uns!«

Und dann fiel ich ein: »Och, Paps, warum sollen wir nicht auch essen, was dir so großartig geschmeckt hat? Wir können doch nichts dafür, daß wir bloß Stadtjungen sind.«

»Nee, könnt ihr nicht«, gab Vater zu, und es klang schon nachgiebiger. »Aber es geht trotzdem nicht, ausgeschlossen, weil ... weil die Dinger noch nicht reif genug sind, und ... und unreife Kartoffeln schmecken nicht.«

Dabei buddelte er mit der Stiefelspitze unter einem Strutz Kartoffelkraut und förderte ein paar Knollen zu Tage, die seine Behauptung glänzend widerlegten. Er nahm eine davon auf, und während er sie sich an die schnuppernde Nase hielt und nebenbei die Erdreste von der Pelle wischte, bekamen seine Augen einen Ausdruck, als sähe er etwas weit weg, was es längst nicht mehr gab. Dann räusperte er sich und meinte zögernd: »Na ja ... reif genug wären sie schon, aber ...«

Er begegnete unseren hoffnungsvoll auf ihn gerichteten Blicken, schüttelte den Kopf, doch dann ging das Schütteln in ein halbes Nicken über, er schluckte das lahme »Ausgeschlossen«, das ihm auf der Zunge lag, runter und fuhr leicht verlegen fort: »... aber ganz bestimmt nur ein paar und nur ein kleines Feuer und, wenn ihr mir hoch und heilig versprecht — und nicht nur versprecht, sondern es auch haltet —, so was nie ohne mich zu machen!«

Wir versprachen's natürlich, und dann hockten wir um das Feuer herum, das gar nicht so klein war, warfen Kartoffeln rein, nicht nur ein paar, piekten sie mit angespitzten Zweigstücken wieder raus, pusteten, bis wir sie in die Finger nehmen konnten, und es stimmte schon, daß sie großartig schmeckten, auch wenn sie manchmal noch roh waren, weil wir's nicht hatten erwarten können. Vater aß die meisten, und zwischen Pusten und Kauen erzählte er, wie es früher gewesen war, was sie da so getrieben hatten, und dabei wuchs aus seinen Worten wieder der Junge von damals, ohne Brille und Geheimratsecken, mit Augen, die noch auf alles neugierig waren, und es war fast verwunderlich, daß er nicht kurze Hosen trug wie wir ...

Apropos Hosen! Als er schließlich aufstand, um mit uns den Schauplatz unseres Festmahls aufzuräumen, erwies es sich, daß seine wieder mal angesengt war. Ein glühendes Aststück mußte irgendwie draufgefallen sein, ohne daß er es beim Erzählen bemerkt hatte.

»Da seht ihr, was passieren kann, wenn man mit den Gedanken woanders ist«, sagte er, während er zuerst betreten an sich heruntersah und dann argwöhnisch unsere Gesichter kontrollierte, ob sich da nicht etwa ein Grienen zeigte. »Also es bleibt dabei: Ohne mich wird so was nicht mehr gemacht!«

»Klar«, erwiderte Dreas. »Geht ja nicht anders. Wer weiß denn, was noch passiert, wenn wir nicht auf dich aufpassen.«

An diesem Abend hatte Mutter aus der »Fleischerei und Gastwirtschaft«, wo sie logierten, einen ordentlichen, knusprigen Schinken mitgebracht und fürs Abendessen gestiftet, Vater erschien in einer anderen Hose, und wir ließen bedenkliche Zeichen von Appetitlosigkeit erkennen, was Mutter besorgt stimmte und Onkel August zu der beruhigenden Erklärung veranlaßte: »Da siehste, Gretchen, wie gut die Jungs bei uns verköstigt werden, daß se sogar 'nen schnuckligen Schinken liegen lassen.«

Um ehrlich zu sein: So ganz unrecht hatte er damit nicht, denn außer, daß wir uns nachmittags tüchtig mit Kartoffeln vollgestopft hatten, waren wir auch hinter das Geheimnis von Onkel Augusts verschlossener Bodenkammer gekommen.

Als wir an diesem Nachmittag zu Hause angelangt waren und Dreas dieTür unserer Schlafkemenate hinter sich zuziehen wollte, sah er durch den offengebliebenen Spalt, daß Onkel August aus der Bodenkammer kam. Er hatte uns offenbar nicht gehört, denn er benahm sich, als fühlte er sich allein, schmatzte vernehmlich vor sich hin, während er umständlich das Schloß vorlegte, und ließ dann ein befriedigtes Rülpserchen hören. Bevor er sich, geräuschvoll seine knochigen Hände reibend, endlich entschloß, die steile Stiege hinunterzuklettern, überzeugte er sich noch einmal durch Rütteln an der Tür, ob Schloß und Riegel auch wirklich ihre Schuldigkeit taten. »Der hat da drin bestimmt was gegessen«, faßte Dreas seine Beobachtungen zusammen, als das Schlürfen von Onkel Augusts Pantoffeln unten nicht mehr zu hören war. »Muß was Gutes gewesen sein. Möcht' bloß wissen, was.«

Der von Vater während unseres Spaziergangs rühmend zitierte Forscherdrang war nun auch in seinen Söhnen erwacht. Was Onkel August so geheimnisvoll hinter Schloß und Riegel hielt, mußte was Besonderes, Köstliches sein, sonst hätte er's ja vor aller Augen verspeisen können! Durch die Latten war in der nur durch ein kleines und noch dazu mächtig verschmutztes Dachfenster spärlich erhellten Kammer außer allerlei Gerümpel nichts zu erkennen, und einen anderen Zugang als die verschlossene Tür gab's offenbar nicht.

Aber die Frage nach dem »was« löste sich dann doch schneller und müheloser, als wir dachten, denn Minchen kam eben die Stiege herauf, und als Dreas sie fragte, was ihr Vater da drin — er deutete mit dem Daumen über die Schulter — habe, wurde sie rot, horchte einen Moment nach unten und sagte dann leise: »Nu, seinen Honig!«

Das mit dem Rotwerden hatte bei ihr nichts Besonderes zu sagen. Sie war zwar schon vierzehn und Tante Martha ein bißchen vierschrötig und obenrum ausladend nachgeraten, aber bisher so gut wie nie aus ihrem Dorf rausgekommen, und wir Stadtjungen, das heißt, weniger ich als Dreas, der mit seinen zwölfen schon ganz schneidig aussah und sie mit einer gewissen Weltläufigkeit verblüffte, schienen in ihren sanften, schläfrigen Augen eine Art Wunderknaben zu sein, die sie verwirrten und einschüchterten. Sie lief jedesmal über ihr ganzes rundes, sommersprossiges Gesicht rot an, wenn sie Dreas über den Weg lief.

»Honig?« fragte der erstaunt. »Quatsch! Davon hat er doch genug im Laden. Da braucht er doch nicht heimlich hier oben . . .«

»Den doch nich! Den andern, den Wabenhonig von unsern Bienen hinten im Garten«, vertraute Minchen uns an. »Zum Teil verkauft er den an die Frau Superintendent und die Frau Amtsrat, wo die doch keine Bienen haben, aber den Rest behält er und ißt 'n alleine. Nich mal Mutter und ich kriegen was ab.«

Unten im Flur schlurften Schritte über die Dielen, jemand räusperte sich, und sie verschwand hastig in ihrer Kabuse, steckte dann den Kopf nochmal raus und wisperte dringlich: »Aber nich verraten, hört ihr? Ich hab' kein Sterbenswörtchen nich gesagt.«

Wir verkrümelten uns gleichfalls in unsere Kemenate, und da saßen wir dann, jeder auf seinem Bettrand, und kamen, bildlich gesprochen, aus dem Kopfschütteln nicht raus. Auch ohne Vater, der zu Mutters pädagogischem Mißvergnügen oft genug mehr oder weniger deutlich vor unseren Ohren hatte verlauten lassen, daß Onkel August ein Knicker sei, wär's uns selber längst aufgegangen. Man brauchte bloß zu sehen, wie er den faltigen Hals lang machte und argwöhnisch durch seine ovalen Nickelbrillengläser glubschte, wenn wir mal unten im Laden auftauchten und gar den großen Glasdosen zu nahe kamen, in denen er Bonbons und andere Süßigkeiten aufbewahrte.

Natürlich hatten wir schon kräftig reingelangt, wenn, was selten vorkam, niemand dabei war, aber nur, weil er uns höchstens ein- oder zweimal mit sichtlicher Überwindung eins von den klebrigen grünen, Maiblätter genannten Bonbons spendiert hatte — jedem eins, nicht mehr! —, um uns schnell wieder aus dem Laden zu bugsieren. Kein Zweifel, gnietschig war Onkel August, und nicht zu knapp, aber daß er nicht mal Tante Martha und Minchen von seinem Honig abgab, von seinen Gästen gar nicht zu reden, das übertraf nun wirklich alles!

»Na, warte«, murrte Dreas, »das kriegen wir schon. Wär' ja gelacht, wenn wir nicht in die Kammer kämen, ohne daß er was merkt.«

Die sofort vorgenommene nähere Besichtigung der Tür ergab, daß das stabile Vorhängeschloß zwar nicht ohne Schlüssel zu öffnen war, und der war bestimmt in Onkel Augusts Tasche, aber der Riegel wurde nur durch zwei große Schrauben am Holz festgehalten. Wenn man die löste, hatte man freie Bahn, und dazu brauchte man nur einen Schraubenzieher.

Dreas wußte wie immer Rat. »Im Schuppen unten im Garten, wo die Schaufeln und Harken stehen, hab' ich einen Werkzeugkasten gesehen. Da ist bestimmt einer drin. Geh gleich runter und hol ihn, aber so, daß es niemand auffällt. Tu so, als müßtest du aufs Lokushäuschen.«

Gesagt, getan. Aber so schnell, wie er erwartet hatte, ging's dann doch nicht, und als ich mit dem Schraubenzieher wieder nach oben kam, fragte er ärgerlich: »Hast du das Ding? Gib her! Wo hast du dich denn so lange rumgetrieben?«

»Im Lokushäuschen. Hast du doch gesagt.«

»Aber doch nicht so ewig!«

»Ich mußte doch wirklich — vor Aufregung.«

Er war schon dabei, die erste Schraube fachkundig herauszudrehen, unterbrach sich einen Moment und sah mich gönnerhaft an. »Na ja, bist vielleicht noch 'n bißchen klein für so was. Komm erst mal in meine Jahre.«

Dann hatte er die Schraube raus, gleich darauf die zweite. Die Bodenkammer war offen.

»Aber wenn er nu raufkommt?« flüsterte ich besorgt, bevor wir den verbotenen Bezirk betraten.

»Der kommt bestimmt nicht«, flüsterte Dreas zurück. »Erstens war er heute schon oben, und zweitens ist es bis zum

Abendbrot nicht mehr lange hin, und Mutter hat doch was mitzubringen versprochen. Der wird sich hüten, sich vorher den Magen zu verkleistern, wenn's kostenlos was zu futtern gibt.«

Es war nicht zu bestreiten. Ein paar Jährchen mehr trugen eben doch zu überlegener Weisheit bei. Und so schlich ich fast ohne Bangnis hinter ihm in die von Gerümpel erfüllte Kammer, die das jetzt durch die Abendschatten getrübte Licht noch unübersichtlicher machte. Kisten waren da, alte Pappkartons, ein paar Körbe, ausrangiertes Möbelzeug, ein Regal mit leeren Einmachgläsern, reparaturbedürftige Gartenstühle aus Rohrgeflecht, und dann, endlich, in einer Ecke ein verbeulter blecherner Waschtisch mit einem Fayencewaschbecken, in dem sechs große Wabenscheiben prangten. Der Anblick entlockte Dreas einen bewundernden Pfiff.

»Kann man das alles mitessen?« fragte ich flüsternd, auf die weißliche Wabenrahmung deutend.

Dreas nickte. »Klar. Ist ja gerade das Beste. Paß bloß auf, daß du dich nicht bekleckerst. Es wär' auffällig, wenn du beim Abendbrot aufstehen willst und auf einmal am Stuhl kleben bleibst.«

Ich war noch immer nicht ganz beruhigt. »Und wenn Onkel August merkt, daß was fehlt?«

Dreas hatte den Mund schon voll. Es dauerte ein ganzes Weilchen, bis er antworten konnte: »Soll er doch! Hat er uns etwa dabei erwischt? Vielleicht war's ein Tier, das durchs Fenster geklettert ist. Vielleicht 'n Bär.«

Die Vorstellung des Honig mausenden Meisters Petz erheiterte uns so, daß wir lachen mußten, leise natürlich, während wir's uns nach Herzenslust schmecken ließen. Und schmecken tat es fabelhaft. Es war kein Wunder, daß beim Abendbrot unser Mangel an Appetit Mutters lebhafte Besorgnis erregte. Und ganz falsch war's, wie gesagt, auch nicht, daß Onkel August es auf unsere gute »Verköstigung« bei ihm schob.

Zum Glück war bei unserem nächsten Besuch in der Bodenkammer Dreas auf die geniale Idee gekommen, daß ich von innen eine Hand zwischen zwei Latten neben der Tür durchschieben und den Riegel provisorisch wieder befestigen könnte. Ich, weil er mit seiner größeren Hand steckengeblieben wäre.

»Wenn er wirklich kommt«, sagte Dreas, »kann er im Dustern nicht sehen, ob die Schrauben ganz festsitzen oder nicht. Hauptsache, daß der Riegel mit dem Schloß davor ist. Dann brauchen wir uns bloß in 'ne dunkle Ecke zu verkrümeln.«

Es war geradezu prophetisch gesprochen, denn als wir uns eben ans Schmausen zu machen gedachten, hörten wir seinen Schlürfeschritt die Stiege herauf und verzogen uns eilig in den hintersten, dämmrigsten Winkel, wo ein Stapel Kisten zusätzliche Deckung lieferte.

Zuerst schien er zu unserer Kemenatentür rüberzuhorchen, ob wir da etwa wären, und als er sich in diesem Punkte beruhigt fand, näherte er sich geschwind der Tür, schon jetzt im Vorgefühl des ihn erwartenden köstlichen Genusses leise schmatzend, schloß sie auf und strebte dem Waschtisch in der Ecke am Fenster zu. Und wahrhaftig, er pfiff dabei leise, ganz leise vor sich hin, wie wir's bei dem alten Sauertopf noch nie gehört hatten. Doch plötzlich brach das Gepfiffere ab und wurde von hörbar verdutztem Schweigen abgelöst.

»Nanu«, hörten wir ihn dann verbiestert murmeln, »gestern waren's doch noch sechse. Weiß ich genau, sechse ... und nu sind's bloß noch fünfe ... eins, zwei, drei ... ja, bloß noch fünfe.«

Durch eine Lücke zwischen zwei Kisten konnten wir ihn in dem durchs Dachfenster einfallenden Licht deutlich sehen, wie er da verblüfft in die Schüssel starrte. Die Nickelbrille war ihm vor Aufregung ein Stück auf die Papageiennase gerutscht, und man sah ihm förmlich an, wie die Gedankenrädchen in seinem kahlen Hirnkasten auf der Suche nach einer

Erklärung für dieses Schwundphänomen auf Hochtouren schnurrten. Offenbar durch einen aufkeimenden Verdacht angeregt, drehte er sich plötzlich um, schlürfte zur Tür und schien, den Geräuschen nach, das Schloß näher zu inspizieren. Einen Moment wurde uns schwummerig zumute, doch dann ließ sich schon wieder sein Gemurmel vernehmen, während er sich auf den Rückmarsch begab: »Nee, is nich! Schloß is in Ordnung. Verdammt noch mal, das müssen Heinerichs Bengels gewesen sein! Wer denn sonst, wie? Minchen nich — die is zu dämlich! Irgendwie sind se reingekommen! Verfluchte Tat! Aber den Lauselümmels werd' ich's versalzen! An meinen Honig zu gehen! Hat der Mensch Töne?«

Sein Ärger kam allmählich in Fahrt, während er geräuschvoll in dem Gerümpel herumkramte und schließlich etwas zum Vorschein brachte, das einen scheppernden Ton von sich gab, als er es am Waschtisch auf den Boden stellte, und dann schnappte etwas metallisch ein, als hätte er eine Feder gespannt. »So, nu können se kommen ...«

Er richtete sich wieder auf, sah einen Moment auf das hinunter, was er da aufgebaut hatte, und unvermittelt kicherte er vor sich hin; es klang, als wäre sein Kichermechanismus eingerostet, als raschelte er mit steifem Papier.

»Jawoll, nu können se kommen«, wiederholte er. »Die werden staunen.«

Und dann langte er doch noch in die Schüssel, angelte sich eine Scheibe raus und schleckerte sie mit geräuschvollem Wohlbehagen. Wahrscheinlich malte er sich dabei aus, was uns bevorstand. Hinterher leckte er sich gründlich die Finger und ging.

Sobald nichts mehr von ihm zu hören war, schlichen wir uns zum Waschtisch, und da sahen wir, was er uns zugedacht hatte: Eine Ratten- oder Marderfalle war's, eine Art eisernes Gebiß, das zuschnappte, wenn man die Feder berührte, und das so geschickt im Halbdunkel vor dem Waschtisch aufgebaut war, daß man es unbedingt berühren mußte.

»Guck dir das an!« sagte Dreas entrüstet. »Stell dir vor, was uns hätte passieren können, wenn wir hier harmlos langgekommen wären!« Und dann beschlossen wir, um ihm seine Hinterlist heimzuzahlen, nun gerade unter vorsichtiger Umgehung der Rattenfalle noch eine dicke Scheibe zu eigenem Gebrauch zu mopsen und zwei für Vater und Mutter mitzunehmen, als Reiseproviant, denn morgen sollte die Reise weitergehen. Strafe mußte sein!

Dreas hatte in Minchens Kabuse ein Stück Pergamentpapier entdeckt, in das das Zeug sorglich gewickelt, in eine Pappschachtel gesteckt und dann in unserm Koffer zwischen Unterzeug und Hemden verstaut wurde.

»Da kommt kein Mensch darauf, daß da drin was ist«, äußerte Dreas befriedigt nach der Verpackungsaktion. »Vielleicht merkt Onkel August auch gar nichts, bevor wir weg sind.«

Beinah hätte es so geklappt, aber nicht ganz. Gestern war Zahltag in der Braunkohlengrube gewesen, und Onkel August hatte an diesem Vormittag viel im Laden zu tun, aber dann mußte er doch noch Zeit zu einem letzten Kontrollgang gefunden haben, denn als die wacklige Kalesche des Gastwirts und Fleischereibesitzers, die uns zum Bahnhof nach Hoyerswerda bringen sollte, schon mit Vater und Mutter vorgefahren und unser Koffer aufgeladen war, war er nicht zu sehen, dafür drang plötzlich durchs Bodenkammerfenster jähes Gefluche, von unheilkündendem Gepolter begleitet.

Dreas und ich grienten uns verstohlen zu, und Vater, der schon ungeduldig wartete, weil er den Zug nicht verpassen wollte, erkundigte sich besorgt: »War das eben nicht August? Hoffentlich ist ihm nichts passiert?«

»I wo!« beruhigte ihn Tante Martha. »Der macht immer solche Faxen. Wenn der nich bei jeder Gelegenheit Krakeel machen kann, is er nich gesund.«

Und dann gaben sie und Minchen uns reihum zum Abschied die Hand, Minchen wieder mal sanft errötend, und als sie gerade damit fertig waren, kam Onkel August aus dem Haus gehumpelt. Er humpelte ganz schön, die Falle mußte ihn ordentlich erwischt haben, aber er tat uns nicht die Bohne leid, schon all der Tiere wegen, die er mit dem Ding erledigt hatte. Wahrscheinlich hatte er mit ihm sogar die Kaninchen anderer Leute gefangen. Sollte er selber ruhig mal spüren, wie weh das tat!

Zuerst schoß er uns Jungen einen mächtig grimmigen Blick zu, der an unsern Unschuldsmienen abprallte, aber er sagte nichts, wohl weil dabei mehr zu Tage gekommen wäre, als ihm vor Vaters Ohren hätte lieb sein können. Und dann murmelte er etwas von einer Stufe, über die er im Dunkeln in der Bodenkammer gestolpert wäre, wo es da doch gar keine Stufe gab. Seine Augen seien eben leider nicht mehr die besten. Und ganz am Schluß, der Kutscher knallte schon mit der Peitsche, um seine ältliche Rosinante in Gang zu bringen, sagte er zu Vater: »Und was deine Jungen sind, Heinerich, die sind tüchtig. Aber paß auf, daß se mal nich zu tüchtig werden und immer schön im rechten Geleise bleiben, sonst nimmt es noch 'n böses Ende.«

Während der Fahrt zum Bahnhof war Vater zu besorgt, ob wir den Zug auch erreichen würden, um auf diese rätselhafte Bemerkung zurückzukommen, aber als wir dann gemütlich in einem sonst leeren Coupé 2. Klasse saßen, fragte er kopfschüttelnd: »Kann mir jemand vielleicht erklären, was August damit gemeint haben könnte?«

Die Antwort kam nicht von uns, von denen er sie erwartete, sie kam von oben, wo unser Koffer im Gepäcknetz direkt über ihm lag. Beim Auf- und Umladen hin und her geschüttelt, mußte der verflüssigte Honig einen Durchlaß durch die Verpackung und sogar durch das Strohgeflecht des Koffers gefunden haben und tropfte nun klebrig auf Vater herab . . .

*

Später, sehr viel später, eine ganze Reihe von Jahren danach — wir waren gerade wieder mal umgezogen —, gab Vater Dreas den Auftrag, einen Haufen Krempel, wie er sich ausdrückte, den wir seit Ewigkeiten unnützerweise mit uns herumschleppten, zur Müllkippe am Stadtrand zu fahren. Dreas hatte sich nämlich vor kurzem sein erstes Auto gekauft, und Vater, der die Anschaffung total überflüsig gefunden hatte, meinte, auf diese Weise könne er das Ding wenigstens einmal einem nützlichen Zweck zuführen, statt bloß mit Mädchen in der Gegend herumzukarriolen und den dicken Mann zu markieren.

Dreas griente. Er könne schließlich nichts dafür, erwiderte er, daß es zu Vaters Jugendzeiten noch so gut wie keine Autos gegeben habe und man zum Kennenlernen von Mädchen sich der Eisenbahn habe bedienen müssen. Er, Vater, habe, soweit ihm zu Ohren gekommen sei, diese Gelegenheit jedenfalls weidlich genützt.

»Du liebe Güte!« seufzte Vater. »Weidlich ist ja doch wohl reichlich übertrieben!« Aber dann fielen ihm die vier salutierenden Stationsvorsteher ein, und er fuhr fort: »Na, wenn du mit deiner blechernen Knatterbüchse da einen so guten Fang machst wie ich mit der Bahn, soll's mir recht sein. Aber nun lade das Zeug auf und verschwinde. Den Weg weißt du ja.«

Das »Zeug« bestand aus drei voluminösen Säcken, prallvoll mit allerlei altem Kram, und als Dreas sie in seinem nicht gerade als Transportfahrzeug geeigneten sportlichen Vehikel verstaut hatte, war für ihn selbst kaum noch hinterm Steuer Platz, so daß er, besonders in den Kurven, vorsichtig fahren mußte, um keine Lawine über sich hereinbrechen zu lassen. Er war jedenfalls noch längst nicht am Ziel angelangt, als er zu seiner lebhaften Überraschung plötzlich ein wild hupendes Taxi neben sich auftauchen sah, aus dem Vater halb heraushing und aufgeregt winkend Zeichen machte, die ihn offenbar zum Halten am Straßenrand veranlassen sollten. Es war ein bißchen peinlich, weil der Vorgang nicht unbeobachtet blieb und auf der belebten Straße eine Menge Leute anlockte, die vermutlich annahmen, ein Bankraub oder ähnliches sei verhindert worden, und die Säcke seien mit Tausendmarkscheinen vollgestopft.

»Was ist denn los?« fragte Dreas, als Vater sich durchgedrängt hatte und ziemlich außer Puste neben ihm erschien. »Hast du aus Versehen den Familienschmuck mit eingepackt?«

»Das wäre nicht das Schlimmste!« murmelte Vater und stürzte sich auf den ersten Sack. »Aber Mutter hat nach dem Familienalbum gesucht, und da fiel mir ein, daß ich's weggeschmissen habe. Jetzt muß ich's rasch holen, bevor sie es merkt. Ich möchte nicht, daß sie mich für pietätlos hält!«

Da sich nichts Aufregendes begab, zogen die Nächststehenden schon ab, aber es blieben noch immer genug, die nicht ohne Überraschung zusahen, wie ein professoral aussehender würdiger Herr und ein nicht eben begeistert helfender schicker junger Mann — nicht unbedingt Lumpensammlertypen also — alte, zerlöcherte Schuhe, ausgetretene Latschen, abgedankte Kochtöpfe, einen Stapel zerfledderter Räuberheftchen, die Vater uns aus Sorge um unser Seelenheil während der Schulzeit abgeknöpft, unbesorgt ums eigene Heil selbst gelesen und aus was für Gründen auch immer gesammelt hatte, zersprungenes Geschirr, zerrissene Hosen und sonstigen Familienschutt vieler Jahre aus den Säcken zogen, neben sich aufhäuften und wieder reinstopften. Manchmal drückte Vater einem neben ihm Stehenden auch irgend etwas schlicht in die Hand und murmelte: »Halten Sie doch mal einen Moment!«, während er den unteren Teil des Sacks von außen nach etwas Albumartigem abfühlte, um sich das völlige Ausräumen zu ersparen. Der Betreffende starrte dann angeekelt auf den Gegenstand in seinen Händen, bis Vater ihn wieder an sich nahm, worauf der Mann sich fluchtartig aus dem Staube machte, bevor es ihm womöglich ein zweites Mal widerfuhr.

Natürlich lag das Familienalbum ganz unten im letzten Sack, und als Vater es endlich zu Tage förderte, hatte sich auch der letzte Zuschauer enttäuscht verkrümelt.

»So, das hätten wir«, sagte er befriedigt, während er sich bemühte, eine Spur Küchenruß vom längst schäbig gewordenen Deckel des Albums zu reiben. »Hoffentlich merkt's Mutter nicht. Im Grunde hat sie ja recht. Man soll seine Vergangenheit auch in dieser Form nicht auf den Müllhaufen schmeißen. Man soll ihr ruhig immer mal wieder ins Auge sehen. Manchmal lernt man dadurch sogar an die Möglichkeit des Fortschritts der Menschheit glauben. Sieh dir, zum Beispiel, den mal an!«

Er hatte das Album aufgeschlagen, und das Photo, das er meinte, zeigte ihn selbst als jungen Mann im Schmucke einer endlos hohen Kragenröhre. »So ein Ding«, fuhr er fort, »würde sich heutzutage doch kein Mensch mehr um den Adamsapfel würgen. Und damals wären wir uns ohne so was splitternackt vorgekommen. Wenn das kein Fortschritt ist!«

Er klappte das Album wieder zusammen und griente Dreas durch die aufschießende Staubwolke zu. »So, und nun fahr los und schmeiß das Zeug da weg. Ich werde mich indessen mit der Vergangenheit unterm Arm zu Fuß auf den Heimweg machen und dabei gründlich darüber nachdenken, was uns der menschliche Fortschritt außer dem Erwähnten sonst noch an Fortschrittlichem beschert hat. Ich fürchte, allzu viel wird's nicht sein.«

Barbara Noack

Geliebtes Scheusal
Ullstein Buch 20039

Die Zürcher Verlobung
Ullstein Buch 20042

Ein gewisser
Herr Ypsilon
Ullstein Buch 20043

Eines Knaben Phantasie
hat meistens schwarze
Knie
Ullstein Buch 20044

Valentine
heißt man nicht
Ullstein Buch 20045

Italienreise –
Liebe inbegriffen
Ullstein Buch 20046

Danziger
Liebesgeschichte
Ullstein Buch 20070

Was halten Sie
vom Mondschein?
Ullstein Buch 20087

. . . und flogen achtkantig
aus dem Paradies
Ullstein Buch 20141

Auf einmal sind sie
keine Kinder mehr
Ullstein Buch 20164

Der Bastian
Ullstein Buch 20189

Flöhe hüten
ist leichter
Ullstein Buch 20216

Ferien sind schöner
Ullstein Buch 20297

Eine Handvoll Glück
Ullstein Buch 20385